不妨从容过生活

黄晔◎著

河北出版传媒集团
花山文艺出版社

图书在版编目（CIP）数据

不妨从容过生活/黄晔著.—石家庄：花山文艺出版社，2017.6（2020.6重印）
ISBN 978-7-5511-3452-1
Ⅰ．①不… Ⅱ．①黄… Ⅲ．①散文集－中国－当代 Ⅳ．①I267
中国版本图书馆CIP数据核字(2017)第132034号

书　　名：	不妨从容过生活
著　　者：	黄　晔
责任编辑：	刘燕军
责任校对：	杨丽英
特约编辑：	汪　婷
特约监制：	朱文平
封面设计：	A BOOK STUDIO 萝卜Design 1092801781
出版发行：	花山文艺出版社（邮政编码：050061）
	（河北省石家庄市友谊北大街330号）
销售热线：	0311-88643221/29/31/32/26
传　　真：	0311-88643225
印　　刷：	三河市金泰源印务有限公司
经　　销：	新华书店
开　　本：	880×1230　1/32
印　　张：	7
字　　数：	160千字
版　　次：	2017年9月第1版
	2020年6月第2次印刷
书　　号：	ISBN 978-7-5511-3452-1
定　　价：	32.80元

（版权所有　翻印必究·印装有误　负责调换）

序 言

天涯犹远心相近

　　眼看着朋友圈里的好友数量不断突破，我不禁思忖这里面有多少人是从来没说过一句话的，有多少是一年说不到一两句话的，还剩下几个是隔山隔水也要经常喊话的呢？

　　数来数去，也就只那么三四个人吧。是的，我的朋友很少，因为没有时间、精力去经营。不同于现实中的闺蜜，会因经常保持联系而使得友谊之树常青，虚拟空间的朋友更容易流失于日复一日的沉默，走着走着就散了。

　　大浪淘沙，淘出来的是精华，网友也一样，能在时间的流逝中始终留在你身边的人堪称知己，正所谓"触目横斜千万朵，赏心只有两三枝"。

　　黄晔，网名墨痕之花（简称花），是我八年前"淘"来的文友。我们先是在博客上相互对上了眼，然后就你来我往地加为好友。早几年，我终日混迹于某大报论坛，怎奈学艺不精，身边高手如云，混得灰头土脸，连投六七篇稿，才能中一篇。于是，我自卑到尘埃，索性

不妨从容过生活

不去了。可是人家墨痕之花去贴三篇，就连续上墙三回，小红花戴了三朵！这成绩足以让我崇拜得两眼发绿光。这下她自信心爆棚，非要拽我同去。我只好小心翼翼地跟在她后面混，对她一再叮嘱，不要只顾自己大摇大摆地进去了，就把门"砰"的一声关上，把紧跟在后面的妹妹我碰得一头包啊！千万记得留道缝！好脾气的她笑呵呵地满口答应。某次我又写了篇千字的话题稿，她认真地帮我做了修改，结果竟然就上了。之后，我似乎被打通了任督二脉，稿子成活得越来越多，被毙得越来越少。

花颜有御姐范，表明今后码字的奋斗目标是：要上就上大报、要写就写杂志，因为既能锻炼文笔又能收到较高的稿费！我比较财迷，一听稿费高就有了动力。从此，我就跟在她后面写杂志、上报纸，江湖路远，携手并肩，南征北战，把业余爱好发挥到了极致。不过盛世文章不值钱，这些年，也只挣了些买零食的碎银子。

鹿后来又是怎么混进我们队伍的呢？且让我回忆、回忆、再回忆，好像是起源于《新民晚报》……相识太久，莫辨来时路。爱情不能三人行，友情却是可以的，这便是友情更宽泛、迷人的地方。于是，共同的志趣、相近的气场使我们一拍即合，组成了"梅花鹿"三人写字组合，旨在相互交流写作心得、共同提高写作水平。网上神交多时，照片也交换着看过多张，就算是走在大街上无意间瞅见了，也能一眼把对方从人群中揪出来。嗨，你不是那谁谁谁吗？

于是，就有六年前花到上海省亲、"梅花鹿"三人终于初见的聚会。地点是长乐路的藏乐坊，一席欢谈，没有见光死，却是相见欢，这依然是友情比爱情更宽泛、可爱之处。后来，我们坚持一年一会，如今已是第六个年头。"梅花鹿"虽然相识于微时（如今也并未发达，将来也未必可期），但多年来的三人组合，共同取得的进步还是有目共睹的，至少我们每个人都出版了自己的人生第一本书。而我们当中跑得最快的是长腿鹿，她已经出版第二本。

如果没有鹿在前方探路，我不可能出版一本八卦民国名媛的书；如果不是看我写了民国女神，鹿大约也不会灵感大发写了本关于外国女神的集子。当然，如果没有花引领我们写杂志，很可能我和鹿还只是在写副刊的千字文，毫无疑问，写杂志更能锻炼笔力，因为篇幅较长、内容丰满。

朋友之间说到底也是需要相互借力的。

花的文字精致、简练、老道，经得起推敲，这与她曾一度做校报编辑有关。读她的文，如见其人，徐徐道来，一碗粥、一杯茶、一壶酒、一束花，如温火煲出的一锅汤那般熨帖。

有人慨叹，他人即地狱，现实纷繁复杂，人性幽微难测，那是他想多了。因文字结缘有幸成为密友的"梅花鹿"，虽然距离近了，缺点也暴露无遗，一言不合也会上演相爱相杀的戏码。但是，那些小摩擦、小龃龉往往如同家人之间的争执一样会自生自灭，这才是友情的本来面目，也因而才能得以长久吧。

张大才女曾说，一个知己就好像一面镜子，反映出我们天性中最优美的部分。她俩便是我的镜子。我每天在镜子前整装、梳理,理云鬟、贴花黄,对镜子里的自己说,你哪里有什么才华呀,不过是执着罢了,然后微笑出发。

"梅花鹿"一期一会,见证了彼此的共同成长,希望在文字的江湖,我们仨能相携走得更远。

梅莉,徽州女子,现居上海。公职人员,业余码字。《特别关注》签约作者。已出版《民国温柔》。

目 录

辑一 看见你的美好，丰盈我的世界

002 | 精致生活

004 | 带着好消息赴宴

007 | 你若心怀明月，世界当一片澄澈

010 | 静水流深

013 | 生活再难，也要为自己善后

016 | 去相信，去幸福

018 | 心里喜欢，身上会发出味道来

021 | 做一个温润的女子

024 | 你的付出，会有人知道

辑二 生活原本苦涩，去过你的生活

028 | 说比做容易，做比说更有力量

030 | 亲爱的，你要在磨难中开花

034 | 裸辞或坚持，快乐做主

037 | 你的快乐，与旁人无关

040 | 生活本是苦涩的，你要有自己的坚持

043 | 做一朵灰浆桶里的小花

046 | 捂起耳朵，过自己的生活

050 | 拨开风雨，去见彩虹

052 | 你很认真，非常动人

目 录

辑三 你微笑的眼里，有幸福的光芒

056 | 奢侈是一种心情，你要拥有

059 | 做一个7分女人，刚刚好

061 | 谁都能成为一个战斗型的女人

064 | 用心去熬出不一样的幸福

067 | 指甲短，幸福长

071 | 适宜的，就是最美好的

074 | 大概安静的爱情，才能燃烧得久长些

077 | 换一种方式断句

080 | 烦恼来了，走在路上

085 | 在花钱中挣钱

089 | 把爱好玩到极致

辑四　沉淀在时光里，静心细数落花

094 | 岁月很无情，你可以淡定些

097 | 时光也偷不去的优雅

100 | 做一个幸福的路痴女

103 | 让皱纹成为一首青春之歌

106 | 看看我怎么老去

109 | 幸福也庸常

112 | 亲密有间，闺才成蜜

115 | 去沾染一些人间烟火

118 | 做一个懒得从容的主妇

122 | 新好婆婆心经

125 | 不过是把岁月过成了生活

目录

辑五 看透生活本质，就从现在开始

130 | 当蛋糕吃

133 | 生活品质是个骗局

138 | 每朵云彩里都有雨水

140 | 浪漫是一种大智慧

144 | 减肥可不是减肉那么简单

148 | 让美好的事物更纯粹

151 | 喝再多的鸡汤，也长不出翅膀

154 | 从取信于己开始

辑六 俗世喧嚣琐碎，遇见你刚刚好

158 | 不完美，才真实

161 | 让经历成为精彩人生的基石

165 | 平淡是绚烂之后的回归

169 | 美丽女人的气质

174 | 你若为梦想义无反顾，世界都会为你祝福

177 | 人是要有点精神的

181 | 去吧，做比让自己快乐更快乐的事

184 | 只是为了信仰

辑七 纸上云游漫步，领略别样风景

190 | 小人物身上也有巍峨

194 | 不是所有金子都想发光

197 | 羞涩爱情淡淡开，情到浓时淡淡描

201 | 对它们好，就像对自己好

204 | 像呼吸一样读书

208 | 后记：在你的心底开一朵花

辑一
看见你的美好，丰盈我的世界

>>> 精致生活

附近菜场有一个中年女人,专卖蒸菜。

一个蜂窝煤炉,一个大钢精蒸锅,一张小木茶几,一摞瓷碗,一摞方便碗,是她全部的家当。

她只做蒸肉、蒸排骨、珍珠圆子和梅菜扣肉,每天数量不多。

她手艺好,菜的味道很不错,尤其是蒸排骨,去晚了就买不到。因为儿子喜欢吃,而她看上去干干净净,菜也干净,所以我常找她做生意。

熟了之后免不了会多说几句,知道她下岗之后凭自己的手艺挣钱。她说:"我从来不卖差肉坏肉,我的东西,要让你们吃了放心才行呢!"

一个周末,又去找她买蒸排骨。结果只剩几碗蒸肉,她说:"排骨还要等一会儿,要不你跟我去家里拿吧?"她告诉我她家就在附近，于是我便跟着她去了。

这是20世纪六七十年代的房子，青砖平房，前后通间。门口，蹲着一只白色小狗，长长的毛梳理得整整齐齐，似乎还透着亮光。进门，很简朴的屋子，泛着清光的水泥地面，拖得纤尘不染，洁白的墙面贴着几张风景画。我随她走到后面她自己搭建出来的小偏房——那是她的工作间，也是她家的厨房。干净，整齐——我只能用这两个词来形容我的第一印象，比我见过的那些富丽堂皇的酒店的操作间不知干净多少倍，碗橱的蓝色纱门都刷洗得清清爽爽。

很是羡慕她的家人。

我禁不住感慨："你家里好干净啊！"

她呵呵一笑："怎么能不干净呢？其实也不太费事，每天都擦洗一下，很简单的。屋子本就不好，再不收拾，那就一点儿看相都没有了哟！"

看她淡淡地笑着，似乎一切都是再平常不过。原来，只要用心，生活就可以如此精致，如此温馨。

仔细想来，日常的一盆花、一根草，甚至一餐饭，都可以体现出生活的用心与精致。养一盆最普通的花，栽一棵最不起眼的草，也可以赏心悦目，怡养性情；最简单的饭菜，也可以做得精致，色香味俱全，让家人吃得眉开眼笑，自己也心满意足。

精致，并不是用金钱堆积的华丽与高贵，而是一种对生活的信念，对生活的激情与热爱，在某种程度上也代表了一种理想，即用心去体会生活的滋味，给生活增添更多的乐趣和温暖。

>>> 带着好消息赴宴

朋友欣悦是个受欢迎的女子，大家聚会的时候，都喜欢邀请她参加。其实，欣悦既不会喝酒，也不会唱歌，更不会聊八卦。她的独特在于每次赴宴，大家都可以从她那里听到令人心情愉悦的好消息。

起初，大家并未认识到欣悦的可爱，直到有一次朋友小聚，大家都在抱怨，这个说老公不体贴，把自己折磨成了黄脸婆；那个说孩子不听话，学习成绩老是上不去，揪心；还有人说单位又换了新领导，压力大……整个聚会好像变成了忆苦控诉会，气氛很压抑。欣悦微笑着不紧不慢地说："这个周末国贸有活动，打折力度很大啊，我已经看好了要买的衣服，只等周六直奔而去，你们要不要去看看？"逛商场是女人们最感兴趣的话题，大家立刻转移了话题，商量着要趁打折去买点什么。小小包间，因为欣悦的一句话，顿时多了些生活的温暖和温情。

说起来，欣悦真是一个善于营造好气氛的女子，很多时候，一件根本不起眼的事情，被她绘声绘色地讲出来，就成了大家爱听的好消息。

那天，朋友聚会，欣悦一到场就开心地说："今天太高兴了！"大家连忙问有什么好事情。她得意地说："我今天上午在一个朋友那里学到了正宗糖醋排骨的做法，中午尝试着做了一下，哈，我真有天赋，一斤半排骨，被我家小子吃得精光，他爹虎口夺食，抢了两块，而我，是一块都没抢到，我家小子要求明天再做。"受欣悦情绪感染，大家都开心地笑了，有人赶忙学习正宗糖醋排骨的做法，说也要回家去试试。那次聚会，几乎成了糖醋排骨培训会。

丽过生日，几个同事一起吃饭。饭桌上，欣悦告诉大家："校园里的桂花树开花了，建议大家忙碌的时候，不妨停下来，做个深呼吸，真是沁人心脾啊，呼吸到的都是桂花香。"看着欣悦沉醉的样子，我们才想起来，校园里的确是种着很多桂花树的，按季节，应该都开花了。春天的时候，也是欣悦告诉我们学校的樱花都开了。她还会告诉我们又发现了一家好吃的小店，或者是装修有特色的地方……

很多时候，欣悦带给大家的，其实只是一种情绪，一种在平常日子里善于发现美好生活的态度。因为每天来去匆匆，我们忽略了身边太多美好的东西，而她，却用自己一颗细腻的心，不断地发现生活中让人兴奋的细小点滴，并把它带给身边的每一个人。

一天中午，欣悦很神秘地对我说："我跟你说啊，我的眼睛不近视了！"

咦，真是奇怪啊，从高中就戴眼镜的她，居然不近视了。

我问："用了什么招？我也去试试。"

欣悦一脸坏笑地说："无招胜有招，我什么都没用，但就是不近视了，因为，我开始老花了，哈哈。"

你看，在别的女人看来很可怕的事情，到了欣悦那里，也成了乐事，有她在，你想不开心都不行。

生活就如一场宴会，每个人都要赶赴应邀。生活也不全是幸福美满，总会布满荆棘，让人倍感痛苦。但是，生活中总不乏这样聪慧的女子，她们懂得生活的乐趣，懂得怎样击败每一个不怀好意破坏宴会的苦情者，还宴会抑或生活一个美好，还赴宴者一份快乐。

>>> 你若心怀明月，世界当一片澄澈

过去，经常会到一家书报亭买一份文摘类报纸。这书报亭不大，只是邮政大楼的一个小橱窗开出的店面，经营项目也很单一，除了手机贴膜、话费充值，兼带着卖点报纸杂志，而且报刊一般都是顾客口头预订，随时自行领取。

去年年底的一天，去买报纸。店主问我："明年还要不要订这个报纸？"我说："要的，麻烦您留着，我会来取。"店主答应了，没有要求交押金，也没要求留电话。

起初，我还是每周去取一次报纸，后来因为忙碌，很长一段时间没去。那天，我专门去拿报纸，走进书报亭的时候，店主笑着淡淡地说："来了？"那语气，似乎我们才几天没见一般，没有一丝的着急。我说："不好意思，好久没来了呢。"她说："没事，我都给你留着。"

店主从柜子里拿出报纸，有厚厚一沓。她按日期清点给我看，一份都不缺。我自己都没想到，不知不觉，居然有一个多月没来拿报纸了。

拿了报纸，我告辞离开，她也如往常一样说"慢走"。离开小店之后，先生说："这么久没来，她竟然还留着，不怕我们不来拿啊？"我开心地笑着说："说明她相信我啊，知道我不会不来的。"先生玩笑道："看你，这么点小事就开心成这样。"我说："那是当然，一个点头之交的人这么信任我，当然高兴呢！"

我不知道其他订户是不是也跟我一样得到店主的信任，但我确信，店主这份小小的信任，带给了我满心的快乐。我也相信，店主会因为我的不负信任而收获她自己的快乐。

那天，听朋友讲了另一件有关信任的事情。朋友的弟弟到长白山出差，给她带回一些人参。为了方便泡水喝，朋友拿着人参到一家药店切片。她把人参交给柜台的小伙子，说："请帮我切好，我去那边转转再来取。"小伙子有些不相信地看着她："您不在这里看着我切？别人都是等着拿的呢！"朋友自然懂得这言外之意，她笑着道："不用看，我一会儿来拿就是了。"小伙子连声说："好的好的，我一会儿就给您切好。"

朋友到旁边商店买好东西，又到菜场买菜，前后差不多有多半个小时。她刚走进药店，小伙子远远看见她，就赶紧拿出装好的人参片，笑着等她走近，递给她。朋友道过谢，拿出钱包问："多少钱？"小伙子说："不要钱，免费。"朋友不解地问："免费？"小伙子呵呵笑着说："是啊，免费。"朋友诧异道："你这儿切片都免费吗？"小伙子笑了，说："当然不是。因为您的信任让我很快乐，所以，就免费啦！"

朋友很有感触地说："没想到，我无意中的一点儿信任，竟然带给他这么大的快乐，而他，又用自己的快乐送给我一份快乐。"

看着朋友快乐的神情，我也觉得心里暖暖的。这是一种多么美好的快乐循环。

有人说，信任别人的善良是自己善良的明证。心中有明月般的清朗，自然看这世界也是澄澈一片。

做一个信任他人的人何妨？这是一种不需付出就能收获无上快乐的工作。

>>> 静水流深

读木心的书，看到一句话："生活的最佳状态，是冷冷清清的风风火火。"不禁想起一个词：静水流深，也想起身边几个朋友。

文友蓉是一个不太合群的女子，几乎不和"圈内人"来往，在那些喜欢热闹的人看来，她的生活未免有些冷清。

一个周末，蓉打电话来："周末我抽空过去，你要不要豆瓣酱？我自己做的，给你带一些啊！"这几年，每年都会收到蓉亲手做的豆瓣酱，色红味浓，真正的绿色食品，吃着放心。蓉说她每年要买几十斤豆瓣做酱，家里人、好朋友都要送的。

我还知道，蓉每逢换季会拿出全家人的衣服清洗晾晒；每到腊月，会及时买回鸡鸭鱼肉，腌制腊货；正月呢，走亲访友也是十分忙碌。春天，蓉给我打电话，邀我去看一望无际的油菜花，她说："坐在门口就是满眼金黄，在香樟树下喝茶赏花，何其美哉，你快来啊！"蓉的声音里都是欢愉，让我也不禁开心起来，犹如置身花海。

严歌苓在《护士万红》里写到万红身上有一种宁静的热情、痴狂的专注、随和却是独来独往的局外感。我觉得，蓉身上就有这样一种特质——对生活、对写作充满热情，无比专注，看似置身俗世之外，却是隐身其间的高手。

蓉曾在文章中这样写："调羹白呢，叶片厚实，不易入味，要做成美食，颇不容易。腊肉切成细片，于热锅中炼油，待油脂出来之时，放入花椒、红辣椒、大蒜头、生姜、豆瓣酱，再猛火入味，最后放调羹白，反复翻炒至其变软，即可盛入白瓷盘，胭脂红的腊肉、青绿的叶片、玉白的叶梗，怎么看都养眼。"这样的文字，色彩饱满，画面感强，内心对生活的热爱之情流淌在字里行间，读来赏心悦目，令人口舌生津。

蓉工作辛苦，收入不高，连到市里参加教学会议都得自己出路费。前日，看到蓉的QQ签名写道："抱怨之声，不绝于耳，我边听边写文，居然半天写了两篇。"蓉对写作保有超乎寻常的热情，在她眼里，"文字的世界如此洁净而美好"，她沉浸其中，乐此不疲。最让人高兴的是，她用自己的爱好创造出属于自己的美好生活。

一个长者曾经说过，外表越是安静的人，情感越是丰富。正如我们不知海底有多少暗潮涌动一般，我们也不清楚蓉的心海里究竟深潜着多少劲流波澜。我只能从她活色生香的文字中，从她有滋有味的日子里，细细品味静水流深的人生况味。

不妨从容过生活

朋友小红总说自己是个粗人，没什么追求，就想过安逸日子。刚认识她时，我是相信她对自己的评价的。你看，学医的她，竟然就安心做个校医，每天督促学生做清洁，检查卫生，安排学生、老师体检，这是些多么拿不上台面的事情啊！可后来我发现，她的平淡和平静下，竟然深藏着常人所不能见的暗流漩涡。

我见过小红读原版英文书，她还写过诗，她会用电饭锅做酸奶，用淘米箩生豆芽，会自己在家学裁衣服。每个周末，她都会和几个朋友一起郊游。我还从小红那里拿到过她自己做的糯米酒……

小红经常变换QQ签名。某天，她的签名是：一个女人不一定需要有多高的学历，但是一定要是一个爱学习、爱读书的人。又一天，她的签名是：品决明茶，食茯苓粥，饮四物汤——过悠闲生活。我最喜欢她这个签名：一架淡紫的葡萄藤蔓和一棵高大茂盛的柿子树，一幢临水而居的房子，周围长满开花的树。只淡淡一句话，便能看到她胸中有万千丘壑。

比较起来，我喜欢这种藏在内心深处不轻易示人的风风火火，比那些貌似风风火火，实际却是冷冷清清的日子有意义得多。

>>> **生活再难，也要为自己善后**

小区大门外不远处的路边有一个垃圾屋，隔天会有环卫所的车来清运。如果哪次没按时来拉的话，垃圾就会蔓延到屋外，恶臭难闻，行人都要掩鼻而过。每逢这个时候，人们就会抱怨那些乱扔的人，不愿意多走一步，将垃圾扔进去。最近才知道，外面的垃圾并不全是没扔进去的，很多都是拾荒者为了寻找有用的东西，给扒拉出来的。

那些拾荒者，大多把自己弄得像垃圾一样，穿着破乱，浑身臭不可闻，让行人唯恐避之不及。他们在城市里四处游荡，逢垃圾箱、垃圾桶必翻找扒拉一番。特别是生活小区，他们会一拨一拨地光顾、一遍一遍地翻找，然后，扬长而去。

每次遇见他们，我都远远躲开。

直到几天前看到她。

一天傍晚出去散步，远远看见垃圾屋前有个女拾荒者弯着腰在忙碌。

"都是他们把垃圾扒到外面来的,烦死人了!"

"是的是的,也没办法管。"

两人议论着,已经走到了旁边,掩着鼻,准备快速绕过去,却突然觉得不对劲。远远停下脚步,才发现,她居然不是在往外扒垃圾。

见我们看她,她停下了动作,直起腰,笑了笑。这是一个清秀的中年女人,满脸汗水,短发梳理得整整齐齐,衣服干干净净,怎么看也不像一个捡垃圾的。

我忍不住问她:"你怎么是往里面弄啊?"

她用手背擦擦额头,回答说:"我已经找完了,往里面拨拨,免得堆在外面。"

我开玩笑道:"人家都是找完就走,你还有善后工作呢。"

她笑了,有些不好意思地说:"这东西多脏啊,弄到外面人家不好走路了。天气热,散在外面也臭,我归拢一下再走不耽误事儿。"

边说着话,她手里也没停,不过几分钟,垃圾屋外已经收拾得很干净了。不知怎的,有些想多了解她。边走边和她聊,才知道她和我们年纪差不多,因为家庭困难,高中毕业后回乡务农,几年前和丈夫来城区,丈夫在一家企业打工,她就照看在附近小区内开的一家小杂货店,二人齐心合力供养在省城上大学的儿子。听说现在捡垃圾收入高,正好晚上顾客少,有丈夫照应,她就出来转转,捡一点就多一点收入。说起儿子,她的脸上泛起自豪的神情:"我儿子高考是学校前几名呢！"

我说："你把自己收拾得很干净。"这话可能伤了她，她提高嗓音说："垃圾脏，可是我不脏。"

我们有些愣住了，赶紧解释："我不是那个意思，我是说……"我不知道如何解释我的本意，感觉有越描越黑的嫌疑。她说："我懂您的意思。其实，我也是个要脸面的人，不是为儿子不会走这一步。开始我就告诉过自己，虽然捡垃圾，但我绝不能做垃圾。"她说话很轻，却掷地有声。

古人云："贫而无谄，富而无骄。"这女人虽然不富有，但她守住了自己做人的尊严。

>>> 去相信，去幸福

连绵的春雨过后，灿烂的阳光洒下融融的春意。

下午，办公室突然进来一位陌生女子。白色毛衣深色牛仔裤，直溜溜的披肩长发，手里抱着一个精美的册子。

她说："不好意思打扰您。"我笑笑说没关系，问她有什么事情。她声音很轻柔地告诉我："过几天我先生三十岁生日，往年都是买衣服什么的，太一般了，所以今年我想送他一份特别的礼物。"我很好奇地看着她，不知道我和这事有什么关系。

"我想找100个陌生人帮我写生日祝福，然后送给他，三十而立，我希望给他一个惊喜。"她说。我的心悄然一动，依然没有说话。她接着说："现在的社会，很多东西都变化太快，不能永远，我只是想尽量为婚姻多做些什么。"

感动涌上心头，翻开她递过来的册子，我拿起笔，竟好久不能写下一个字，我只能用最简单的话语表达我最诚挚的祝福。那女子说她还会去火车站、长途车站、码头，她会请相信她的人写下最真诚的祝福。我相信，她的每一次诉说，都会是非常幸福和满足的。

女子走了，我却一直沉醉在这浪漫中不能释怀。终于，忍不住与人分享了这次与浪漫的邂逅。却有人说："她老公一定是不要她了。我觉得幸福并不需要向陌生人倾诉，如果有爱，什么都会很温馨，太过分的东西是想把什么抓住不放，或者她觉得自己的幸福很不踏实，很想证明什么。"

我诧异地看着说这话的人，不明白她为什么要用冷冰冰的眼光来看待这份名为幸福的浪漫。而我，是多么愿意用这幸福来温暖乍暖还寒时候的每一个日子。我愿意相信生活里有很多带着暖意的细节，每一个生活片段里，除了一蔬一饭的实在，也还应该有瑰丽的浪漫，如此，平淡的生活才会有亮丽的色彩，单调的日子才会有丰富的内涵。

日子，其实就应该是这么用心去过的吧。

真的很感激那位陌生的女子，她带给我初春粉红色的浪漫气息，让我在平淡的日子里看到一些亮色，让一颗几乎麻木的心沐浴在幸福的春风里。如果说相爱是一个梦想，或者是一个过程，或者总是失望后的盼望，那么，就祝福我们在每一个能够相爱的日子快乐地相爱、幸福地浪漫！

>>> 心里喜欢,身上会发出味道来

朋友木扬的微信朋友圈晒出了在奥克兰拍的照片,引来众多点赞和惊呼。

木扬是和一帮朋友到新西兰参加全球华人羽毛球锦标赛的,还顺便安排了澳大利亚游。她说:"本次澳大利亚之行的口号是——打打球,洗洗肺,养养心,我阳光,我快乐。"

木扬打羽毛球其实是半路出家。当年她开始学打球的时候,已经年过四十,零基础,只是因为喜欢,就一路坚持下来。那时候,学校一起打羽毛球的有十来个人,每天下午五点会约好一起打球。这些人中,只有木扬是在校外住的,但她却是最按时到的一个。无论寒暑,她几乎没有缺课的时候。记得有一次,因为天热忘记带伞,为赶时间不愿回去拿,木扬就顶着擦汗的毛巾,满脸汗水地出现在我们面前。

木扬是个做事认真的人,开始学球,就备齐了装备,每天一身运

动装,背着大大的球包来来去去。以至于后来有人问她:"你不是语文老师吗,现在改教体育了?"曾经有熟悉的同事和她开玩笑:"我看你是专业的装备,业余的水平。"还有人说:"人到中年不学艺,你就算了吧。"木扬也不恼,只是很认真地练球,她说:"我练球没有别的想法,就是喜欢,一到球场就觉得快乐。"

如今,木扬的动作虽然算不上标准,球技却是跃居众人之上,在诸多业余比赛中拿过不少奖项。

前几年,木扬因为练球运动量过大,膝盖受伤,做了半月板手术,医生一再警告不能再打球。她却是好了伤疤忘了痛,刚刚恢复就又进了球场。她说:"我现在打混合双打,只要守在网前,不用太多奔跑,没事的。"一遍遍劝说无效之后,众朋友摇摇头感叹:"这是真喜欢啊!"

退休后,木扬参加了一个俱乐部,和球友们每天打球,四处比赛行天下,生活无比精彩。

有人说,运动的女人能够保持最佳的精神状态。你看照片上的木扬,伊甸火山上,蓝天白云下,短发的她穿着黑上衣、紫色运动裤,双手竖着大拇指,俏皮地歪着头,笑容无比灿烂;亚军奖牌前,脸上写满自豪和得意,谁能看出她年近花甲呢?

我家楼下有个小广场。去年冬天的一个晚上,听到有隐隐的音乐声传来,我好奇地走到阳台上,看到小广场上有个女人在跳舞。寒风中,只有影子与她为伴,她却舞得十分投入。

一连几天，我都在同一时间听到音乐声，看到这个女人。那天，和先生一起看她跳舞，先生突然问："如果是你，每天一个人，能坚持吗？"我看着楼下的女人，摇摇头："不能。"

前日，晚上下楼散步，特意绕道小广场，依然是女人独自在跳舞。我停下脚步，女人扭转身来对我笑笑，继续自己的舞蹈。那是一张不再年轻的脸，却腰背挺直，肢体柔软，动作优美，举手投足间有种说不出的神韵。一曲终了，女人告诉我，她一直喜欢舞蹈，加上觉得人到中年要多做些柔软运动，所以就每天出来跳上几曲。我说："冬天好冷的。"她呵呵笑着说："还好啊，空气清新，很舒服的。"

突然想起一个朋友的话来，"跳舞是一项很好的运动，可以欣赏音乐，优美地伸展躯体，双重享受啊！"这也是一个喜欢舞蹈的人，多年来坚持每周练舞两次。说话的时候，她眉间嘴角都流淌着欢愉。

要坚持做一件事，似乎很难。有发自内心的热爱，才有坚持的动力。能耐得住寂寞，才有坚持的勇气。也许有人要探究坚持的意义，我以为，并不是所有的坚持都能收获成功，但所有源自喜欢的坚持都能够带给你发自内心的快乐。

看到过这样一句话，"心里喜欢，身上会发出味道来。这种美好的味道，是坚持给予的回报。"

>>> 做一个温润的女子

我喜欢那种温暖妥帖的女子。

向来觉得,一个女子,是否有曼妙身材、美丽容颜、好的学历并不重要,做人处事温暖妥帖才是可爱的关键。

小敏是这样的女子。知道小敏的名字其实是很早的事情。不知什么缘故,想起她,脑子里就会浮现一个身着蓝色条纹布面旗袍的女子。后来,和小敏说起,她也觉得惊讶,原来,她的确是有布面旗袍的,只不过,不是条纹而是花朵。想来,花朵应该是更适合她的,因为,她原本就是一个把日子过得像花儿一样灿烂的聪慧女子。

曾经在报纸上读过许多小敏温暖干净的文字。那天,接到一个陌生号码的电话,一个陌生的女声,自我介绍说她是小敏,通过另一个朋友找到我的电话。事隔多年,我还记得很清楚,从未见过面的小敏和我,第一次通话,讲了近半个小时。当时说些什么已经忘记了,可感动却铭刻在心。

春暖花开,小敏邀我们去乡间踏春。出游,大家都是尽可能轻装上阵的,只有小敏,双手拎满了东西。休息时,她从手提袋里拿出苹果和梨,告诉我们说:"就这样吃,我用新牙刷一个个刷过的。"见大家吃得差不多,她又拿出纯净水说:"漱漱口,免得伤牙。"午餐时,小敏拿出自带的好茶叶,又变戏法似的拿出了当地最有名的白酒,还有她自己做的香肠。朋友们惊叹:"小敏,你还有多少惊喜带给我们?"她却淡淡地说:"没什么啊,和同事出游,我都是这样的。"那个春日,因为小敏,而格外温暖。

闺蜜画儿也是这样的女子。画儿是一个内秀的女子,特别是在人多的场合,几乎没有什么言语,但她从不在别人说话的时候分神,她专注聆听的眼神,让每一个说话的人都感受到被尊重的温暖。聚会的时候,每个人都是画儿关注的对象,她会在你寻找纸巾的时候,默默递上一张纸巾;会在你需要添水的时候,静静拿过茶壶……

一次,几个朋友去逛商场。一个说要买衣服,带着大家去了她喜欢的专柜。她一件件轮换着试衣服,几个人叽叽喳喳发表自己的意见,差不多决定购买的时候,另一个女友悄然去了旁边另一个品牌专柜,不多时,画儿也跟了过去,帮她做参谋。后来某一次闲聊的时候,这个女友突然无限感慨地说:"我喜欢画儿,她很贴心。"大家感到不解,这个朋友便说出了画儿那日在商场的陪伴。大家都笑了,还有人说:"你才知道啊?我们早体会到了。"原来,在每个人心里，都有画儿这样不露痕迹悄然陪伴的记忆。

同事家高大帅气、留洋回来的儿子，娶了一个相貌平平、学历平平、家境平平的女孩做妻子。婚宴上，大家悄悄议论，都觉得太不般配。后来，同事告诉我们："最初我也很不赞成，这女孩太一般了，说实话，配不上我儿子。可儿子喜欢她，让我多了解她。没想到，见过几次面之后，我很快就喜欢上了她。我儿媳妇真是一个善解人意的好女孩，对人照顾周到体贴，而且都做得很自然，让人感觉不到一点儿刻意。我儿子的确有眼光，这样的女孩，才是做老婆的最好人选啊！"

同事的儿子确实聪明，他年纪轻轻，却已深谙生活的真谛。

善解人意并不是要一味委屈自己迎合和纵容对方，而是尽量用自己的心去体会对方的心，用自己的感觉去体会对方的感觉，自然，最后的受惠者其实是自己。

这些女子的温暖妥帖，并非刻意，也没有伪装，她们的一举一动，已经成为一种习惯，一种浸润在骨子里而不自知的自觉行为。这些习惯，带给她们独特的气场和亲和力，让她们成为这个世间最美好的女子。

>>> 你的付出，会有人知道

母亲在上海小住几个月后，回到小城。

不几日，她曾经的同事王阿姨就打电话说要上门看望。母亲说："新小区太远，不方便，电话问候就行了。"王阿姨坚持说一定要见面。第三天，年过六旬的王阿姨老夫妇俩，就拎着给母亲买的礼物，转了几次车，找到我们的新家。

一见面，母亲连声说添麻烦了。王阿姨却说："这有什么麻烦？当年您那么帮我，也没有说麻烦啊！"母亲有些不好意思地说："哎呀，不要老提那点事，根本不值一提的。"王阿姨家的叔叔说："不能不提，我们一直都记得的，那时候多亏有您啊！"

王阿姨他们说的那时候，是几十年前。那时，母亲和王阿姨同在一所小镇中学当老师，同样是夫妻分居，独自带着孩子，不同的是，我们姐妹已经上小学和幼儿园，王阿姨的孩子还不到一岁。那时候，当老师除了上课,还要带学生勤工俭学,还有白天晚上随时通知的政治学习。王阿姨说,看她一个人忙不过来,母亲就经常帮她带孩子,有时候还帮她买菜做饭。她说母亲的帮助虽然都是小事,却真的是雪中送炭的情谊,一辈子都不会忘记。

记得两年前我父亲突然离世后,母亲很长时间都沉浸在悲痛中,王阿姨和叔叔一次次来探望,三天两头打电话来陪母亲说话,帮母亲排解郁闷。后来,母亲去上海了,王阿姨也经常打电话问候,还用微信给母亲发养生保健知识。有一次,母亲感慨地说:"小王真是心细,我自己的兄弟都没这么贴心,这么关心我。"我说:"王阿姨这是感您的恩。"母亲道:"她总说我那时候对她如何如何好,我真不记得了。"

前些天,我和同事小陶去看望一个病休的老同事杨。杨中风几年,半身不遂,语言表达有障碍,平时几乎不下楼,不和外人交往。走进杨的家,他歪靠在沙发上,冲着我们笑,和我们艰难地打招呼。坐下来闲聊,说到他的两个女儿,得知大女儿已成家,小女儿考取了某重点大学的研究生,也谈了男朋友,小陶禁不住感慨:"过得真快啊,小丫头都长成大人了!"杨的太太说:"是啊!二十多年过去了呢,不过她们都还记得你那时候对她们的好。"小陶笑着摇摇头:"我都不好意思,那算什么啊。"杨在一旁口齿不清地说:"我一辈子都记得。"他太太又说:"是啊,你那时候总是买东西给她们吃,给她们梳辫子、化妆,她们好喜欢你的。"杨连连点头称是。我知道他们夫妻是真心感谢，因为杨曾经不止一次说过感谢小陶的话。

后来，小陶有些不好意思地说："想想，我其实也没做过什么，而且之后也和他们没有太多来往，最多在院子里碰上了打个招呼，问候一下，他们的'一直记得'真让我受之有愧。"

杨夫妻俩说的那时候，他们一家住在单位集体宿舍，可能是领导照顾，给了他两间宿舍。杨太太是农村户口，没有工作，大女儿在上幼儿园，小女儿才一两岁吧，全家四口就靠杨的工资生活，很拮据。小陶刚大学毕业分到单位，住在他们隔壁，休息时间没事儿时就爱逗逗他家的两个小丫头，将自己买的零食拿些给她们吃，也会给她们涂涂口红描描眉。

小陶说："仅此而已，没有杨他们说的那么夸张。要说，两个小丫头喜欢我，一看见我回来，就往我屋子里钻，还带给我不少快乐呢！"小陶说着，笑了，那神情，就好像回到了那时候。

有人说，善小常为而效大。有些时候，你可能想不到，你特意或者无意付出的点滴，经年之后，却依然会有人一直记得，感念在心。

辑二
生活原本苦涩，去过你的生活

不妨从容过生活

>>> 说比做容易，做比说更有力量

知道她有几个月了。她是同一小区的邻居，但一直都只是听人说，从没见过。

我所住的小区在一个小山坡上，原为学校教职工宿舍，七八栋老宿舍楼环绕着一个篮球场，小区内大树参天，花草繁茂，安静整洁，环境宜人。可世事变迁，随着学校合并搬迁，居民搬进搬出，住户也不再单纯是单位同事，小区已经成为一个单独的无人管理的问题小区。偶尔，会有退休的老领导领着退休老同志稍作收拾。后来，老领导回老家去了，小区内落叶堆积，一些人随手扔的垃圾随风飘，无人清扫，花草疯长，篮球场路边的迎春花藤长得占了一半路面，也无人管理。左邻右舍的同事们，纷纷想办法买房子搬走了。没搬走的，就多了许多抱怨，抱怨单位撒手不管，抱怨一些人素质太差。

突然有一天，下班走进小区后突然就有了面貌一新的感觉。地上的垃圾没有了，排水沟干净了，迎春花藤修剪整齐了。有同事说是他

们楼上新搬来的住户清扫的,她一个人忙了大半天,还怎么也不要别人帮忙。

之前,听同事说过多次,知道她是刚买了房子搬进来的。她家装修之后,不仅把自家的建筑垃圾收拾干净,还带走了一些人随手丢下的生活垃圾。而且,还把多年脏乱不堪的楼顶天台收拾一新。她还隔几天就清扫一次楼梯。同事说,自从他们搬来,楼道变得干净了,连院子都干净了许多。

同事和她有过几次简短的交谈,知道她是一家企业的职工,孩子去年高考出去了,而且,他们一直没有真正住过来。敬佩之情油然而生。总想见见她,却始终没能谋面。

周末,一个多云的早晨,拉开窗帘,看见楼下有个红衣女子,齐耳短发,大红上衣,黑色裤子,只是距离太远,看不清她的面容,但能感觉她是一个干净端庄的女子。静无一人的路上,只有她在扫地、清通排水沟。赶紧打电话问同事:"楼下红衣女子是不是你楼上的邻居?"同事回:"是她,你快拍下来!"可惜,手中没有相机,我只能静静地站在窗前,看她。

不一会儿,下起小雨来,她不慌不忙收拾好清扫工具,把垃圾袋放到球场角落,走进了楼道。果然,下班回家,垃圾袋没有了,花丛里的垃圾也没有了。

我始终没能看清她的容颜,至今也没正面接触过她。可她,却总让我想起孔子对君子的论述:"先行其言而后从之"。她以实际行动告诉我们,说比做容易,做却比说更有力量。

>>> 亲爱的,你要在磨难中开花

婚后一年,Kandy怀孕了,一家人都开心地做好了迎接孩子的一切准备,父亲给孩子取好了名字,母亲做好了大大小小的单衣、棉衣还有毛衣;先生呢,下班就回家陪Kandy散步聊天,还把说给孩子的话录成了录音带,放给孩子听,说要让孩子还没见到他就先熟悉他的声音。

那年春天,乍暖还寒。一个春雨绵绵的日子,夜里,Kandy阵痛发作进了医院,在一阵强似一阵的疼痛中,Kandy幸福地等待着自己的孩子。

可是,医生没有把孩子抱给她,Kandy心中有了不祥的预感。丈夫说孩子有一点儿小问题,暂时不能和妈妈在一起。Kandy看见丈夫神情不对,连忙追问,丈夫却不再说什么就走出了病房。透过门上的玻璃窗,她看见他倚在门外,从来不抽烟的他手里居然燃起了烟雾。

再三追问下,他终于告诉她,医生说孩子有危险……后来,Kandy才知道,当时他经历了多么大的考验,因为医生告诉他,孩子的问题可能会影响今后。

医生说:"你可以选择放弃。"

他没有人可商量。那几个小时,他经历了怎样的煎熬?然而,他终于做出了一生最正确的选择——留下他们的女儿!

他们给女儿取名紫月,希望孩子像月亮一样纯洁、晶莹、美丽。

他们一家人,为了紫月的幸福,开始长期四处奔波求医,只要听到有人能治,就会带孩子不远千里奔去。然而,几年下来,孩子的病却不见起色。经过多方咨询,最后,他们终于不再求医,决定尽力让孩子做一个智力无障碍、生活能自理的人。

Kandy告诉紫月:"因为生病,你要过一种和小伙伴们不一样的生活,但你是上帝送给爸爸妈妈的礼物,所以爸爸妈妈会为你付出更多。"

在家里,Kandy和父母一起给孩子做最基本的按摩,有一段时间,为了训练紫月的腿部力量,每天都要做几百个蹲下、站起,这对紫月来说是很艰难的,可是,孩子那么坚强,抓着她的手,不停地做着,她心疼,孩子却依然很开心。一天,她和紫月一起训练蹲下起立,不多时,孩子用表情表达自己难受不愿再练,她搂着孩子说:"紫月,妈妈知道你难受,可是,只有刻苦练习才能自己走路啊。"紫月眼里含着泪水点点头,又开始了艰难的蹲下、起立。

为了训练紫月发音，Kandy和母亲费尽了心思，后来，紫月终于可以发出一点儿声音来了，就像唱歌的人用气发音一样，这是多大的进步！可是有一段时间，紫月怎么也不愿再用自己的办法发音了。

一天，紫月用手势告诉外婆要吃橙子。

外婆说："你要什么？我不明白，你告诉我。"

紫月依然用手势"说话"，外婆也重复着自己的话，可无论怎样，紫月就是不再发音，急得流出了眼泪，外婆看不下去，准备拿橙子给孩子，被Kandy拦住了。

"你可以发音，你可以说话，你就应该说话，不然没人能帮你。"

紫月可怜巴巴地看着妈妈，Kandy心如刀割，但只能坚持，只怕一次心软就可能导致前功尽弃。后来，聪明的紫月发明了自己的手语加气声的表达方式，比如叫小姨，会伸出小指头，用大拇指捏着第一个关节处，表示"小"，然后发出"姨"的声音。

紫月不能上学，在外公外婆的帮助下，自学了同龄孩子的功课。一本成语词典，被画上了密密麻麻的记号；五笔打字的速度，令人称奇。紫月还学会了上网、看小说、听歌曲，在网上结交朋友时，也毫不隐讳自己的情况，朋友们都为紫月的真诚、坚强和勇敢而动容。

有不少朋友劝Kandy，你还年轻，再生一个吧，以后还可以帮你们照顾紫月。连父母也来劝她，说："趁我们还可以帮你，你们生一个吧。"

但是，Kandy和先生的决定却是惊人的一致——我们不是不想要

辑二 生活原本苦涩，去过你的生活

一个健康的孩子，可是，当初我们选择了留下紫月，就会给她最快乐、最幸福的生活，因为她是上天给我们的礼物，即使要经历种种磨难，我们也不会放弃。我们又怎么可能让另外一个孩子来分走我们对她的爱？

紫月行动不便，不会走路的时候，Kandy会和先生抱着孩子出门，上街，上公园，虽然会遇到许多好奇的眼光，但一家人走在一起，就什么都无所畏。后来，紫月可以走路了，虽然动作不协调，很引人注目，但他们还是会让孩子自己走着上街，他们希望孩子明白，她也可以和别人一样享受一切快乐。

二十多年过去，Kandy依然活泼开朗，爱唱爱跳。单位有文艺活动，她是当仁不让的主角；排球场上，她是主力二传手；篮球场上，她是控球后卫，周末还会约了妹妹去跳健身舞，去户外骑行，也会和朋友一起逛街喝茶。

眼前的Kandy，笑容灿烂，神态从容，那是从磨难中开出的美丽的花。

>>> 裸辞或坚持，快乐做主

妞儿是我的学生，工作十年，辞职三五次，被我称为"辞职一族"。

妞儿当初毕业后去了深圳一家外资企业。不过三年，她就告诉我准备辞职去江苏。问她为啥干得好好的要辞职，她说男朋友准备到江苏发展，她要随行。我有些不解，因为她在公司做了几年，已经具备升职的经历和能力，这样走掉，等于前功尽弃。

我劝她要考虑清楚，因为到江苏会是怎样的情况，完全不能预料。为没有把握的未来放弃现有的一切，是一种冒险行为。可是妞儿义无反顾，说做得再好也不如和男朋友在一起。

后来，妞儿进了一家模具公司，而且做的是与模具专业有关的工作。这简直让我不敢相信，因为妞儿在学校学的是导游专业，这哪儿哪儿都挨不着啊！妞儿才告诉我，她早就想清楚导游不可能做一辈子，所以拜了朋友的朋友做师傅，学习CAD画图什么的，而这个师傅，后来就成了她的男朋友。我这才明白，她当初扔掉一切辞职，原来是有底气的。

妞儿身材高挑，很有些女性的妩媚之姿，又有些男儿的豪爽之气。进入新公司没多久，就有一个男孩喜欢上她，对她展开攻势。妞儿明确告诉男孩自己已经有男朋友，可人家不理不睬，还理直气壮地说只要妞儿没结婚，他就有追求的权利。久而久之，妞儿从开始不堪其扰，到后来发现自己心里也好像有了些微变化。好在妞儿是一个果敢的女孩，一年不到，妞儿再次坚决辞职。这次，我没有反对。

再后来，妞儿结婚，生女，而她丈夫也和她哥哥一起开了家模具厂。

去年秋天，妞儿说请了人帮忙带女儿，自己又找了家单位，开始做文员。问她为啥不就在自家厂子里做，妞儿说："我要看过了两年，我还能不能适应外面的世界。实践证明，我还行。"妞儿每天从城东跑到城西上班，累得不行，却始终乐呵呵的。

前些时候，好久不见妞儿，便在QQ上给她留言，问在忙些什么。妞儿打来电话，告诉我说她家厂子生意十分繁忙，她已经从那家公司辞职，帮自己人做事了，也忙得很。

我笑了，说她真是个标准的辞职族，并开玩笑问她以后还辞不辞，她哈哈笑着说："如果不快乐，还是要辞的啊！"

不过，妞儿不像别的裸辞族，她几次三番勇敢裸辞，只有一个理由：为爱。

  妞儿是裸辞的幸运儿。虽然俗话说"树挪死，人挪活"，但凡事都不能一概而论，总有人越辞越好，也有人辞得一塌糊涂。不过，无论是裸辞还是坚持，都要让自己开心快乐不后悔，这是最根本的原则。

>>> 你的快乐，与旁人无关

丽姐是我同事。

当初，虽然因为办公室在同一层楼，来来去去的，时常见到，但是我们却并不相识。有一天再碰面的时候，丽姐主动和我打招呼，慢慢地，就熟络起来。才知道，她和我同年，比我早出生几个月，从企业下岗后，应聘到我们单位做继续教育工作。

丽姐爱美，喜欢穿花衣服，喜欢涂脂抹粉，整天打扮得花枝招展的。一天，她穿了一件白底大红花的直身中裙，配一根长长的项链。手腕上呢，戴的是水晶手链，手上还戴了一个玛瑙戒指。最让人惊叹的是丽姐的头发——像小丫头一样，头顶上用一根银簪子绾出一个大发髻，余下的头发，编成两个小辫子垂在耳边，和着一对大耳环一起摇摇摆摆的，口红和眼影也十分艳丽。

丽姐就这样子嬉笑着出现在我面前。我不禁瞪大了眼睛，半响，终于忍不住了。

"你能不能不穿这么花,不弄得这么花枝招展?"

"不能!我现在不穿花的还等什么时候穿?"丽姐一点儿不见怪,笑着说。

"那你的头发能不能不这样弄?"

"不能!这簪子是我侄女从云南买回来的,一直怨我不用她送的礼物,所以,我现在就天天用。"丽姐依然笑着回答。

丽姐的一口标准普通话,说起来都容不得我插话。说完,她一拍手:"走,去食堂吃饭,我请你!"

去食堂的路上,来来往往的人络绎不绝,我们引来的回头率也很高。我知道,这回头率不是因为我,而是丽姐。我有些不自在,不禁加快了速度。到食堂买好饭坐下,吃了两口,我就感觉到异样,抬头一看,不远处的几个女子正齐齐看着我们这里,一边说着什么,一边笑。我赶紧低下头,恨不能快点离开。丽姐注意到我的不安,回头看了看那几个人,说:"我今天很引人注目吧?真好,我喜欢!"说完,还是很坦然地慢慢吃着,和我讲着工作中的事情。

说实话,我真佩服丽姐,换作我,是怎么也不习惯这样被人注目议论的。我不知道该说什么。丽姐又说:"我知道这不符合你的审美,可我就喜欢花花的,是打心眼儿里喜欢。如果穿成像你这样素净,我不习惯,也不适合,不过,我喜欢花不影响我欣赏你的素。谢谢你和我做朋友!"

丽姐爱穿花衣服，也爱养花。办公室有谁的花养不好了，交给丽姐，不几天就能起死回生。所以，她的办公桌上总是些要死不活的花，养好的，都被人拿走了。

因为说得一口标准的普通话，丽姐被安排做普通话水平测试工作。那天，丽姐到我办公室，说想考普通话测试员资格证，问我什么意见。我问她："你自己决定要考吗？有一定难度的，要有思想准备。"丽姐说："其实，我就像喜欢花衣服一样喜欢上普通话课，我愿意把自己总结出来的经验教给那些孩子们，帮助他们考出好成绩。所以，再难我也要考。"丽姐也真行，仅一次就考过了省级普通话测评员资格证。不久，她又要去考国家级的证书，因为临时工的身份，单位不可能给她出培训考试费，丽姐说："我自己出钱也要去考，我就是喜欢，没办法。"

已经人到中年的丽姐，依然随心而为，追求着自己喜欢的东西，也像她的打扮一样，引来一些议论。可她依然我行我素，她认为，喜欢自己喜欢的东西，并为之努力奋斗，是一种快乐，这一切，与旁人无关。.

>>> 生活本是苦涩的，你要有自己的坚持

我是无意中发现她们的。

那天和先生到常去的一家包子铺吃早点，等候的时候，看见旁边电杆上的一块小木板上写着：苞谷饭，1.5元一份。

我不禁问摊主："你们还卖苞谷饭？"结果，她手一指旁边说："是她们的。"我顺着她的手看过去，就看见了她们，那是两个稚嫩的女孩，一个着黄衫，一个穿红衣，都是青春正好的年华。

两个女孩身前摆了一张小茶几，上面是几小碗调料、咸菜，旁边一个蜂窝煤炉，用不大的木桶蒸着黄澄澄的苞谷饭。她们静静地站在那儿，与喧闹的市场有些不协调。

先生说："尝尝苞谷饭吧！"我自然很想尝尝，也更想看看那两个女孩。一问才知道一份的意思，是满满一碗苞谷饭，另加一碗懒豆

花（一种本地小吃，黄豆磨浆，不过滤，加青菜末煮开即可），调味小菜是随自己喜欢添加的。

这时，走过来一个老太太，问："今天还有吧？"黄衫女孩笑着说："还有，您来一份？""嗯，来一份。"黄衫女孩盛饭，红衣女孩盛懒豆花，不到一分钟就端到了老太太面前。

先生问："这一桶每天能卖完吗？"老太太抢着说："昨天来晚了都没吃到，现在这样的东西少了，都想吃个新鲜。"先生又说："那生意还不错呢！"黄衫女孩微笑着轻轻说："还可以吧。"先生又道："你们可以把招牌做大一点儿，还可以正规一点儿啊，小菜品种也可以再多一些。"两个女孩很认真地听，不说什么。我接话说："你说起来容易，那不是要增加投入？这样慢慢做，慢慢发展嘛！"

女孩们静静看我们争论，只是笑，笑得我们也不禁笑起来。

路上，先生感慨："这两个小姑娘不简单，至少她们宁愿吃苦养活自己。"我明白他的意思，也希望她们能够坚守。

因为我的胃不太能适应苞谷饭，所以我不曾再光顾姐妹俩的小摊。但每次买菜都会特意去人群中寻找那艳丽的黄衫红衣。看见她们，心下便觉得安慰踏实。

我知道，自己私心里是希望天天看见那姐妹俩的。她们于我，应该是我对这俗世的某种理想的寄托，也希望她能在某天真如先生所说的，在一个整洁、干净、明亮的门面房里卖苞谷饭。

我也知道，生活本是苦涩的，每个人都有自己的难处，但是怨天尤人的人无疑是愚蠢的，生活难道会因为你的抱怨咒骂而心软？但也有一些人，他们早早就看透了生活的本质，不怨天尤人，积极面对每一次苦难，好像风再大雨再狂，也动摇不了他们心中的坚守，这份坚守，源自对生活的热爱，当然也是对苦难的不屑。

辑二　生活原本苦涩，去过你的生活

>>> 做一朵灰浆桶里的小花

在一个公交车站看到她时，正是下班高峰期，公交车站熙熙攘攘，这时候，平素的心理安全距离已经减少得近乎零，每个人都紧跟着前面的乘客，似乎一秒钟都不能落下。

她站在队伍最后，离前面的乘客很远。不远也不行，因为她带了很多行李，右手提着一个红蓝条纹的大塑胶袋，看得出来装着被褥、棉絮，另一个深灰色的破旧旅行袋也塞得满满当当。左手却很轻松，只拎着一个小铁桶。那是建筑工地用来装水泥灰浆的，外壁还有些许残余的灰浆，不过桶内装的并不是水泥，而是泥土，还长有一株小花，一株我叫不出来名字的小花。是的，的确是一株小花，纤弱得似乎一阵风或者一点儿震动都可以摧折它。淡蓝色的指甲盖大小的花，像一窝蜂扑过来的孩子般，簇拥在枝头，使清淡的颜色也显得热闹了许多。

她穿着一身洗得泛白的深蓝色运动服，大概是孩子淘汰下来的校服，脚踩一双几近灰色的白色旅游鞋，也应该是孩子淘汰的吧；在西装革履、花红柳绿的人群里，她显得灰扑扑的，很不起眼。但那铁桶里的小花，给她平添了几分亮色，吸引了我的目光。

她小心翼翼地把行李搬上车，放在地板上，那个灰浆桶，却一直拎在手里。挤挤挨挨的人群里，她不时低头看看桶里的花，嘴角浮起一丝似有似无的笑意。

车厢内稍显拥挤，乘客们却不自觉地与她保持了一点儿距离，但她似乎一点儿不在意，只是沉醉在那小小的淡蓝色的花儿里。

她或许是从温暖的家中往工地去，而那花，是贤惠的她要带给他的？又或是已经懂事的孩子从田埂上挖回来种下的？抑或是归心似箭地要回到亲人身边去，而那花，大概是她在某个工余时间，在某个角落发现的，于是拿了个废弃的灰浆桶种了要带回家去，做简陋小屋的点缀？我只知道，无论是去还是回，她，此时此刻，一定是心怀幸福、安宁、快乐和希望的。

看着她，我不禁想起一个小故事。

"二战"刚刚结束的时候，战败的德国到处一片废墟。有两个美国人访问了一户住在地下室的德国居民。离开那里之后，二人在路上谈起观感。甲问："你看他们能重建家园吗？"乙说："一定能。"甲又问："为什么说得这么肯定呢？"乙反问："你看到他们在黑暗的地下室的桌子上放着什么吗？"甲说："一瓶鲜花。"乙于是说："任何一个民族，处于这样困苦灾难的境地，还没有忘记鲜花，那他们一定能够在这片废墟上重建家园。"

又想起一位朋友。

朋友人到中年，对生活颇多抱怨。抱怨没能考上理想的大学，抱怨工作不如意，抱怨挣钱太少，抱怨孩子不争气……不管何时，这位朋友的眉头都是紧皱着的，很难见到他开心的笑容。大概是因为心情郁闷，所以也没有多少心思收拾自己，以至于头发乱糟糟，衣服皱巴巴，皮鞋看不出原色。有朋友劝他不要把自己弄成这般落魄模样，他却说，本来就不如意，你叫我如何装出得意的样子？

其实呢，这位朋友的生活并没有他说的那么糟……

公交车上的这个女子，她的生活与我的朋友，当然是不能相比的。她有没有不如意？她有没有烦恼？答案自然不言而喻。但是，她却有心情在灰浆桶里种花，如此她的心中就拥有更多一些的快乐和幸福，她的嘴角，当然也就满含着让人心悦的笑意。有了那灰浆桶里不起眼的小花，她的生活也一定是繁花锦簇，充满灿烂的阳光。

对于远足的骆驼来说，最可怕的不是满目黄沙，而是它的心中没有绿洲。人生长路漫漫，生活中不如意事十有八九，如果不能自己驱除阴霾，不能保有心中的绿色，那么就会觉得前途黯淡无光，生活没有希望，而你的生活，甚至你的容颜，也会越来越苦情、越来越无光。

没有人能改变世界，我们唯一能做的，便是借了那一份清爽的精神，给自己的生活洒进一丝阳光，种下一朵鲜花，播下一片绿洲。就让我们的日子，每一天都能够风轻云淡、清朗澄净吧！

>>> 捂起耳朵，过自己的生活

一直不懂小区门口便利店的老板娘。

她是一个多能干的女人啊！从最初和丈夫在小区门口摆个小菜摊，到后来租下门面，卖蔬菜、水果、杂货、米面，还有豆制品之类，我们都只看到她忙忙碌碌的身影。有了门店之后，生意每天都很好，特别是中午和下午下班时间，小小的店面内经常因人多而挤得走不动身。她呢？忙着称重、收钱，还要忙着回答丈夫问这样那样的价格，有时候，还会被丈夫吼叫："你怎么还不去做饭？老子饿死了，儿子也要回来了！"她也不恼，忙完手里的活儿，才喊："伟才啊，把钱给你啊！"丈夫的回答总是："没看到老子在忙啊！"她就会唠唠叨叨走过去，把装钱的斜背包给丈夫背上，然后进屋。

由于小店经营的品种多，尤其是蔬菜、水果很受欢迎，因此他们每天都要去批发市场进新货。后来他们新买了一辆电动三轮车，可让人吃惊的是,进货这种看上去很辛苦的事情,竟然都是她在做!每次看着她开着电动三轮车拖着满满一车货回来,还要三请四催地喊她丈夫来帮忙卸货,我们这些女顾客都有些为她打抱不平:"你就是太能干了,所以你男人才那么懒,脾气还大。"老板娘却说:"他也很累的,每天早上要把货一样一样摆出去,晚上又要收拾进来,比我累。"

那年春节过后,小店开业,却只有她一个人,要进货要看店,还要照顾孩子。问她丈夫为啥不在,回答说在老家玩几天再来。有人为她不平,她却说:"刚过年,也没什么事,他玩几天就玩几天吧。"似乎是半个月后,才看见她丈夫出现在店子里,养得那叫一个满面红光,也依然是高声大气地说话。

一天中午下班顺路去买菜,老板娘一边收钱一边对丈夫说:"伟才,你来收,我去做饭,儿子一会儿回来了。"哪想,她丈夫依旧坐在门口剥蚕豆,老婆叫一遍,他应一声,可就是不见起身。我笑他:"老婆一叫就应该动啊。"他哈哈笑着说:"就是不能一叫就动,那样的话就麻烦多了。"听见这话,老板娘朗声笑着再叫,也不恼。

常常听到男人叫老板娘"爱我",然后骂骂咧咧,一直不明白"爱我"是什么意思。有一次听人和老板娘开玩笑,才知道老板娘名叫爱娥,因为当地方言里把"娥"念成"我"的音,于是"爱娥"也就成了"爱我"。老板娘说:"你们不知道,那时候我小学同学拿我开心,我娃娃亲的那个人姓李,他们就叫我'你爱我'。"我们都笑起来,对她丈夫说:"原来你还不简单,把人家娃娃亲都拆散了啊！"男人不说话，只是笑，脸上分明有得意之色。老板娘有些不好意思："也不是啊，后来不是不兴娃娃亲了嘛！"

一天去店里，正好碰见老板娘进货回来，男人赶紧过去帮她卸货。不一会儿就听到男人骂："你看你，一点儿事也搞不好，这箱子不是这么码的啊，滑下来怎么办？"老板娘说："不是我码的，人家帮我弄的。"一会儿，又听见男人的声音："爱我，茄子多少钱一斤？爱我……"老板娘高声应道："伟才，刚才告诉过你的嘛，一把年纪，还老不长记性。"有客人问老板娘："你们整日都是这样吵的？"老板娘笑着说："也不是吵架，说来说去热闹些嘛，都不说话，那好没意思啊！"

前日去店里，发现东西明显比往日少许多，老板娘说都便宜处理了。一问才知道，老板娘的婆婆去世了，男人赶回家去办后事，她呢，留下来处理存货。她说："这些蔬菜水果放两天就全坏了，而且伟才让我别伤心，我也觉得我们还要生活嘛，因此他就先回去了。再说，人嘛就应该活着的时候对她好，死了以后做得再好有什么用？平时该尽的孝我都尽到了，伟才都知道。今年春节回去，我给婆婆带了新衣服，还有车厘子、提子，她一辈子没吃过，高兴得不得了，本来说天气暖和点儿到我这儿来玩，唉……我过两天回去出丧，最后尽一次孝心吧。"最后，她说得关门五六天，把事情处理好了再来，还说给我们带来不方便，很不好意思。

今早，直到走到便利店，看见卷闸门紧锁着，没有红红绿绿的蔬菜水果，没有人叫"爱我"，也没有人喊"伟才"，我才意识到老板娘爱娥回老家去了。

一直觉得，这是一个聪明的女人，面对他人的议论，她自有自己的夫妻之道，该怎样过日子她仍旧是安然地过着，无所谓对错，也许那便是他们夫妻之间的相处之道吧。而对于婆婆去世，她竟然能坦然地不回去，除了现实生活的原因，除了平素尽到了孝道，你又怎能说她不是活得坦然、活得干净、活得自在呢？

也许，生活就应该如此；也许，做人便应该如此——随意听听旁人的话，认真去过自己的生活。

>>> 拨开风雨，去见彩虹

初夏傍晚的这场大雨，突如其来，让人措手不及。正逢下班时间，人们一边嘀嘀咕咕地抱怨着鬼天气，一边心急火燎地往家赶。没带伞的不是找了替代品，狼狈地顾头不顾身，就是以手遮头一路狂奔；带了伞的呢，就有些得意，几个要好的，挤在一把伞下，磕磕碰碰地往公交车站走。

很幸运，搭了同事的顺风车。雨大，车开得很慢。我们一路说着闲话，车窗上雨水如瀑布一般淌下，路边躲雨的，路上奔跑的，整个世界都显得忙忙碌碌。

突然，我怔住了，赶紧叫同伴再慢一点儿。同伴不解，我指着窗外说："你快看，快看那个女孩！"

窗外，路边，雨中，走着一个身材高挑的女孩，她身穿白色短T恤，蓝色牛仔裤。她微笑着，微微抬起下颌，一手高高举着一把淡蓝色的花伞，一手向身侧柔柔地伸开，右腿笔直地往左斜前方伸出，在雨中做出了舞蹈的姿势。她身旁站着一个同样高挑的男孩，拎着一个女式背包，微笑着，注视着她。他们身后，是来来往往疾奔的人们，一脸不解地投给他们匆匆一瞥。

这雨中，只有他们，不急不躁，不怨不怒，旁若无人，快乐地沉浸在自己的世界里。

车，慢慢开过了，我恋恋不舍回头看着，看着他们消失在雨幕中，脑子里却满是这个雨中起舞的女孩。她的笑容，如一朵灿烂的雏菊，绽放在这个初夏的傍晚；她的舞姿，如一道彩虹，驱散了天边密布的雨云。

生活中，人们总是十分向往拥有一种淡泊宁静的心境，却常常事与愿违。宠辱不惊，去留无意，说起来容易，做起来却十分困难。只是一场意料之外的大雨，便已心烦意躁，抱怨颇多，那多姿的红尘、多彩的世界，又怎能让人不忧不惧、不喜不悲呢？

明代陈继儒的《幽窗小记》中有一语，极有深意："花繁柳密处，拨得开，才是手段；风狂雨急时，立得定，方见脚跟。"不知道这世界上有几人能淡定地在雨中起舞。只希望，世事纷繁，岁月变迁，经年之后，这雨中舞者还能定格自己的优雅和从容。

>>> 你很认真,非常动人

我和妹妹陪母亲去曼谷旅行。

酒店的Salathip泰餐厅紧挨着湄南河,三座纯木泰式建筑是三个室内用餐区域,沿着河边还有一排露天餐位,高大的椰子树下也摆放着餐桌。我们选择坐在露天餐位,晚风习习,湄南河的上空霓虹闪烁,美景和美食,自然是绝配。

只是没想到,服务员听不懂中文,英语也说得让人犹如云山雾绕。最后,服务员无奈地摇摇头,走开了。不多时,过来一个女孩,有着光洁的皮肤、大大的眼睛,还满脸笑意。她微弯着腰,仔细倾听我们的要求,然后语速很慢地用中文解答,因为有些词,她需要稍稍思考一下,才能表达出来。脸上那种专注凝神的表情,让她显得很是可爱。

妹妹指着一道菜,问她泰语怎么说,她很耐心地教给我们。然后，她指着筷子问："这个，中文怎么说？""筷——子，筷——子……"离开我们餐桌的时候，她还在一遍又一遍地重复。那音调，有些别扭，但听得出来，她在尽力咬准发音。

第二天晚上去吃饭，依然是她过来接待我们。等着上菜的时候，我们听到她用中文问邻座客人："你们需要筷子吗？"我们笑起来，夸她好学，会用。她看看我们，也笑了，有些不好意思。

时隔多日，回忆曼谷之行，我还是会想起她，她认真的神情，清晰地浮现在眼前，动人又可爱。

前几日，我家先生讲了一件事。

他和朋友去卡拉OK。

几个擅长唱歌的朋友，点了很多歌，尽情展示歌喉。他不善此道，只是偶尔参与一下。坐在旁边欣赏的时候，他发现，有两个女性朋友，虽然歌唱得并不好，但还是很积极，而且每一首歌，都很投入很专注地去唱，丝毫没有因为技不如人就扭扭捏捏不敢唱。他说："看她们认真的样子，突然觉得很真实，很动人。"

说起来，这卡拉OK纯粹是自娱自乐的游戏，无关乎水平，只求一个开心快乐。但总是有人会因为觉得自己五音不全，怕开口引人笑话而选择退避，比如我。我自小缺少音乐细胞，几乎从来没有在人前开口唱过歌，连偶尔的自哼自唱，也是小心翼翼，不希望被人听见。朋友曾批评说这是苛求完美、不自信的表现，会扫了大家的兴致。可是没办法，生性如此，无可救药。

想起有一年，单位举办职工卡拉OK比赛。我最好的朋友用尽一切办法劝说，我已经忘记当年她说了什么，反正我直到最后才同意了参赛。我清楚地记得，初赛时，她给我选了《祈祷》这首歌。她说："不用想那么多，你只要用心去体会歌曲，投入你最真的情感就行了。"

最后，我这个从来不开口的人，居然从几十个参赛者中杀出重围，进了决赛，最终获得优秀奖。赛后，看着照片上已然忘我、专注唱歌的自己，我突然心头一动：这么认真忘我的女子，即使青春年华不再，是不是也很动人？

无怪乎陶宗仪在《南村辍耕录》中说："一事精致，便能动人，亦其专心致志而然。"把事情做到精致，当然可以吸引人；即使技艺不精，只要认真去做，也能呈现出一种别有韵味的美，抑或叫作：性感。

辑三
你微笑的眼里，有幸福的光芒

>>> 奢侈是一种心情,你要拥有

说到奢侈生活,人们最容易想到的就是奢华,可以随意享用奢侈品,过富裕生活,而这些,无疑是富人的专利,我们这些普通老百姓是难以奢望的。

周六上午,闲来无事,给朋友雪儿发短信:"在做什么呢?"不一会儿收到回复:"我在去武汉的动车上。"我吃惊地问:"去武汉做什么?怎么没听你说起有事?"雪儿的答案完全出乎我的意料:"去看话剧。"我说:"你这家伙,人到中年,还这么文艺范儿!和谁?"雪儿哈哈笑着说:"没人,一个人,文艺范儿到什么时候都需要有一点儿。"我又笑:"你真'奢侈'!"雪儿也笑:"我家老公也说我奢侈,但我又不像别的女人要买奢侈品,偶尔精神'奢侈'一下还不行吗?"

是啊,谁能说不行?

辑三 你微笑的眼里，有幸福的光芒

认识一个编辑，在我看来也是个"奢侈"女人。她安静地编稿，写文。她风雨无阻，每天中午都去湖边漫步，或独坐看书，或静观湖水，而每次，都会有与众不同的收获。最特别的是，她有时间就会独自去旅行。曾经在一个周末，她飞往上海，就只为去朱家角看实景版的《牡丹亭》。她坚守自己内心的一份安宁，一年四季只穿棉麻衣服平底鞋，长发过腰，从来不染不烫；她喜欢读书，喜欢听碟，喜欢咖啡、红酒……她不张扬，不喧闹，低调过着"奢侈"的日子。

文友鹿儿是一个文艺范儿十足的女子。她在上海一家外企做HR（人力资源），业余时间除了写字，还喜欢看画展，喜欢读诗，喜欢随手拍。午饭时间，她摇身一变，从HR总监变成一个小女人，徜徉街头，那些有情调的小店、小花、小雕塑以及各大商场的各种文化活动，都是她午间的精神食粮。暑期我到上海，鹿儿请了几个女友小聚，餐后，她领我们到商厦看画展，几个暂时远离柴米油盐俗事的女子，也接受了一点点艺术的熏陶。接着，她又在我们的小群里普及绘画知识，鹿儿说，要让我们都能拥有一份最美好的奢侈品。

当然，平凡的居家日子，更要学会拥有一份"奢侈"的心情。

朋友晓晓是一个居家过日子的好主妇，自嘲是不懂浪漫的粗人。交往时日久了，我却发现，她是一个很会让日子"奢侈"起来的女人。

一天，我看到她的QQ签名为：我站在冬天街头的寒风中看完了特色米花的制作过程。

我不禁笑了，想象着暮霭中，身边是匆匆忙忙往家赶的人们，她却静静站在街头，带着欣喜，看一粒粒米花在风中绽放。能拥有这样一份奢侈享受的女人，一定是快乐和幸福的。

今天，我又看到她的QQ签名是：生命和成长总会带给我们意想不到的惊喜——我种的白菜发芽了！

晓晓就是这样的女子，能在凡俗中找到常人所不能见的诗意，独享一份心情的奢侈。

年近八旬的母亲也是一个善于拥有奢侈生活的女人。

我记得家里养过大盆的石竹花。母亲用废弃的搪瓷脸盆代替花盆，种了密密层层的玫红石竹。开花的时候，远远望去，像一片红霞。母亲还这样种过太阳花，五颜六色，单瓣复瓣，有些杂芜，却开得热烈，热热闹闹的，像一片阳光落在家中。

中秋夜，远在上海的母亲发来短信：我们在吃月饼，喝清酒。月亮很好。

我把母亲的话转到微信，引来朋友一阵赞叹，一个朋友说："就像一个有情趣的大家闺秀。"

当年，朋友生完孩子在家坐月子的时候，我去看她，发现她位于一楼的居室有些阴暗，让人心情压抑。再次去她家的时候，我随手在路边采了小野花，用玻璃水杯插了摆在她床头。这件事，多年之后还被朋友时时提起，说我用野花让她足不出户的月子生活也变得灿烂起来。

想来，是母亲用她的言传身教，让我也学会了做一个"奢侈"女人。

俗世凡尘，日子平常过，生活中也有许多无奈，但如果能学会在庸常中长久拥有一颗"奢侈心"、一份"奢侈情"，那么平凡的日子定会增添一些美妙滋味和一抹绚烂色彩。

>>> 做一个7分女人,刚刚好

和先生出门,遇见一个多日不见的女性朋友。

分手后,先生轻叹一口气,无比惋惜地说:"唉,她原来还是有些姿色的……"我说:"就算是女明星也会变老。"他点点头道:"也是,所谓美人迟暮最难堪。"稍顿一下,又说:"还是我老婆好,年轻时这样,现在还这样。"我立马怒目以对:"你什么意思?是说我年轻时就这么老?"

对自己相貌的不自信,一部分原因来自父母。记得上大学那年,有邻居提醒母亲要跟我讲讲谈恋爱的事情,母亲不以为然,邻居就说:"你家大姑娘长得好,要提醒一下的。"但母亲最终也没和我谈这事。我也曾不止一次问父母:"你们觉得我长得怎么样?"父母的回答也总是:"不丑。"自小,父亲常对我们姐妹说的一句俗语就是:丑人多作怪。他以此为准则,教育我们穿着打扮要朴素大方,为人处世要内敛安静。我们姐妹几个也就很自然地拥有了一颗平凡女子的平常心,过着平常安静的日子。

不自信的另一个原因来自我家先生。从谈恋爱到结婚,他几乎从没夸过我的长相,是他的要求高吗?绝对不是,因为他经常夸那些在我看来一般般的女人漂亮。他甚至还会说:"你忘记了吧,当初我到你们单位,有人还以为我是你弟弟。"我怒火三千丈啊:"谁这么没有眼力见儿?"他就得意:"哎呀,这有什么呢,我不是也和你过了这么多年?"

被自家先生反复打击的直接后果就是,我不能像一些漂亮女人那样,恃宠而骄做公主,而是老老实实在柴米油盐酱醋茶的庸常中,一日日把自己从父母的娇娇女磨炼成了能干的家庭主妇。

一天,一个友人谈到另一熟人,说:"她真是漂亮,只是可惜人到中年孤身一人。不过,漂亮女人是比我们有资格追求更好的生活。"我笑着反驳她:"我倒觉得我们这些姿色平平的女人,能安心过好拥有的生活,这才是最好的生活。"

如今想来,很感谢父母从来不用漂亮来夸赞我们,也感谢我家先生对我的打击磨炼,是他们让我找准了平常人的位置,没有过多的欲望,没有太多的挣扎,人到中年时,还能做一个心思简单、神情从容的人。

和儿子聊找女朋友的话题,他说,如今流行7分女孩,就是女孩的长相得分,中等偏上之姿是最适合做妻子的,6分也不错,8分有点勉强。先生得意大笑:"哈哈哈,我早就是按这个标准了,你妈是6分。"儿子抗议道:"我妈不说8分也是7分,刚刚好。"

先生点头同意:"嗯,你妈如今可以得7分了。"

>>> 谁都能成为一个战斗型的女人

母亲感觉不舒服,陪她去医院检查。

医生开了一沓检查单,我让母亲坐着等,自己楼上楼下跑着去划价交费。

最后,母亲被确诊为心脏期前收缩,医生开了药,让回家按时服药。后来,又陪母亲去看了一个相熟的中医,开了几服药吃。不过,母亲说效果都不太好,偶尔还是会有胸闷气短,连走路都不敢太快了。

人上了年纪,身体机能的衰退就慢慢显现出来。八十二岁的父亲身体也开始出问题了。先是血压高,后来又开始心脏疼,吃了药也不见缓解,只好去医院。恰巧碰上我工作繁杂走不开,母亲说:"没关系,有我陪着呢。"于是,七十五岁的母亲陪着八十二岁的父亲去医院。

父母去的是市里最好的医院,就诊者摩肩接踵,络绎不绝。知道父亲最怕人多,我很担心他受不了。父亲却说:"都是你妈上上下下地跑,弄好了我就去检查。"我看看母亲,问她楼上楼下跑,有没有难受。母亲笑着说没有,一点儿都没有。看母亲每天按时督促父亲吃药,严格按医嘱熬药,照着书上的方子给父亲熬营养糖水,还每天买菜做饭洗衣服,精神头不错,丝毫没有之前不舒服的感觉。

正在奇怪母亲恢复如此之快时,我听说了朋友父母的事情。

朋友父亲因最近冠心病频繁发作住进医院检查,准备做支架手术。朋友姐弟两个都忙着上班,也抽不出时间来陪护。于是,她母亲很果断,弄了一张行军床搭在病房,每天吃住都在医院,所有事情都一人顶着。老太太还每天三四个本子轮换记医嘱和要做的事情,生怕忘记什么。

我知道,朋友的母亲身体一直不好,不敢想象那个瘦弱的老太太,竟有着以医院为家的坚毅。但是,这的确是真的。

最后,朋友总结说,如果没事干了,两个老太太就会有事,因为她们都是战斗型的女人,有仗打,就不会垮。

朋友肯定地说自己做不到,问我能不能。沉思半晌,我有些犹豫,难以言语。

想起一个女友,她是那种很嗲的女人,加上丈夫比她大七八岁,她常常将自己的撒娇潜能发挥到极致。在家里,大小事情不需操心,她唯一要做的,就是把自己打扮得千娇百媚,花枝招展。

记得有一次郊游,她带了大大小小几个饭盒,却不知道里面装的是啥,一脸幸福地说:"我不会做这些,都是他准备的。"

前年,突然听说她的丈夫被查出癌症,做了手术,而且,从头到尾都是她一个人处理各种事情,照顾丈夫饮食起居。面对我们的惊诧,她一脸淡然地说:"这有什么,过去他是我的依靠,现在他病了,我当然要做他的靠山,人的潜能是无限的,就看有没有机会挖掘。"

什么是坚贞?在对方需要自己的时候坚强起来,这才是最真的情感,这也是战斗型女人在爱情上的最本质所在。

因此,成为一个战斗型女人,其实并不难,即使你垂垂老矣,即使你天生柔弱,只要有需要守护的人或物,你依然可以如男人一样在生活的"硝烟"中,为对方冲锋陷阵,撑起一片蔚蓝的天空。

>>> 用心去熬出不一样的幸福

我天生是一个爱喝汤的人，饭吃不下汤却可以喝很多，所以被家里人和熟悉的朋友称为"汤罐子"。

很多年了，我和先生住在一套75平方米的小房子，先生无数次说过要换房，我总是不以为然。因为我们的房子不大，家里却整天飘着汤的香味，很有烟火气。

我们居住的小城依长江而建，每逢夏季，江边都有很多打鱼人。早上散步到江边，都可以买到一种很新鲜的无鳞鱼，本地人叫黄鲴头。这鱼形似鲇鱼，全身黄色，肉质细嫩，少鱼刺，用它熬出的汤，色白味浓。野生鲫鱼也很容易买到，洗干净了，用热油稍微煎一下，加热水没过鱼身，只放几片生姜，大火烧开后撇出浮沫，小火慢慢煎熬，可以熬出一锅奶白色的微带清甜味的原味汤。此外，我还做过鳜鱼汤、肥头鱼汤，家人常常喝得乐不可支。

最近几年,长江鱼难买了,市场上多是些鱼塘养出来的鱼,添加剂太多,不敢给孩子吃。于是,我四处寻找替代办法,最后,从朋友那里知道鲢子鱼是最干净的,因为它不吃喂养的饲料。于是,我就买回胖头鱼(又称花鲢),用头做鱼头豆腐汤。把鱼头剁成几大块儿,用热油稍微煎过之后,加热水熬煮,煮汤的时候也不放其他调料,只有几片生姜去腥。俗话说,千煮豆腐万煮鱼,鱼和豆腐都是要慢慢煮才能出味的。一个半小时炖出来的鱼汤,味道哪能不鲜美呢?

孩子总是对别人说:"我的最爱是妈妈的鱼头汤。"写作文的时候,居然说喜欢在家里闻到我煮汤的香味,因为,"汤里有妈妈的味道,家的味道"。

我家常炖的还有猪尾骨汤。猪尾骨用冷水泡出血水,洗净,拿老式的砂锅盛了,入冷水煮开,撇去浮沫,搁几块姜片,滴几滴陈醋,调成小火慢慢煲。一小时后,揭开盖子,加些盐,把切成厚片的土豆加进去,不过半小时,屋子里就香气四溢了。孩子喝着汤,认真地对我说:"妈妈,我觉得阿姨的女儿没我幸福,住着大房子又怎么样?她妈妈连厨房都不进,整天在外面吃,换了我,早夭折了。"上初三的孩子这样一番话,说得先生瞠目结舌。我却暗暗笑了。

去年春节,先生单位同事闹着要到家里吃饭,拗不过,只好同意了。没想到,一下子来了好几个,狭窄的客厅挤满了,坐不下只得站着,可是大家都很开心。

那天,我别出心裁地弄了个汤宴,灶台上和紫砂锅里几个拿手汤同时炖上，外加了新发明的老鸭酸萝卜汤。为此，我专门买了土鸭，漂干净，整只入水，也只搁了姜片，煮到汤汁浓厚时，放进母亲泡的酸萝卜，再熬半小时就好。几个汤，外加青菜和自家做的泡椒，美味汤宴就OK了。端上桌的时候，几个小年轻展开了汤勺争夺战。最后，三大罐汤全都喝得底朝天，还有人讨教做法，说要回家尝试。

晚上，客人走后，先生又提起换大房子的话题，我笑着说："我从来不觉得住小房子不好，也没觉得丢人。70平方米的房子，三口之家完全够住了，不能因为房子而降低了生活质量。"

先生说："你这样的女人真是少见，又不要房子又不要车子，我这个老公做得真轻松啊！"我道："的确少见，还每天在家熬汤给你喝呢！"

住在小房子里，我更开心地投入做一个"汤太太"，花着心思四处寻找有意思的汤的做法，再加上自己的创新，于是便有了火腿竹笋汤、心肺海带汤、土鸡肚条芸豆汤……都是些家常的材料，却因为用心而有了不同的组合，熬出了不一般的味道。

有人喜欢用药材煮汤，我是不喜欢的。我喜欢材料原本的味道，加太多调料，汤也就失了本味。就好比生活，有了太多的附加，就尝不到日子本来的滋味了。所以，无论多大的房子，家里有汤的味道，才有幸福的味道。

>>> 指甲短，幸福长

她有一双白皙纤长的手，直到大学毕业，她在家都几乎是不做家务的。

她最喜欢做的事情就是，坐在门前的香樟树下，用留着圆润长指甲的手，边吃话梅边翻书。她喜欢留长指甲，不是尖尖的那种。她爱把指甲修成圆形，细长的指甲盖闪着自然的粉红，半厘米左右长度的指甲尖，干干净净，有着纯纯的白色。

他们家是世交。自小，他不喜欢她，觉得她娇滴滴，而且他只大她一岁，父母却让她叫他大哥哥，什么都要让着她。十六岁那年的夏天，他随父母去她家，第一次看见她在香樟树下静静地坐着，一边看书一边用纤长的手拈了乌红的话梅送到红润的唇边，一下子，他就迷上了她的双手。

后来，一切皆大欢喜。

他拿她当宝。

原本她也是想做个贤妻良母的。可他却总是什么都不让她做。一段时间下来，她又像在父母身边一样，还是一个娇娇宝贝。她知道自己是幸福的，当看到同伴们的指甲都是剪得短短的，长指甲做事不方便呢。她便得意地说："指甲长，幸福长。"

她心安理得地享受着他的宠爱。开始的时候，她还会到厨房，很不安地陪着他说话，偶尔也打打下手，后来，她就只站在门口，动口不动手了，再后来，她连厨房的门都不进了。

很多时候，他在厨房忙着，炒好一盘菜端上桌，她和孩子就用手抓了偷吃，等他上桌的时候，几乎都只剩些汤汤水水了，看他用汤泡饭吃，母女二人又径直坐到沙发上，吃起了他削好的水果。

母亲提醒她说，你是妻子，是妈妈，别只顾着自己，也要学会照顾他和孩子。她呵呵笑，不用，他不用我做。母亲担忧地说，别留长指甲了，学着做点家务吧！她还是呵呵笑，要留的，他喜欢。

她原以为他一直会这样娇着她宠着她，直到孩子长大他们也慢慢变老。

有一天，在桌上又只剩下汤汤水水的时候，他没有泡饭，而是坐下来，对她说，我们分开吧！彼时，她正用依然纤细的手指拈了他敲好的核桃往嘴里送。

她一下子蒙了，流着泪问："我做错什么了吗？"他说："没有！只是我感觉不是娶了老婆回家，而是多养了一个女儿。"

她哭着回娘家。两家父母齐齐批评了她。她也决定要改变自己，她终是舍不得他，舍不得这个家的。

后来，她随他回家，努力去做以往他做的那些事情。看着自己的手泡在洗衣粉里，在油腻腻的肉鱼里打滚，指甲被那些青菜染成绿色，她有说不出的心疼。看他的脸色不再那么沉重，她想，他肯定不过是吓唬吓唬自己的。于是，没过几天，她就一切照旧了。

没想到的是，那天，他居然不顾她的眼泪，强行将她送回娘家。她的自尊受到了极大伤害。父亲说，都是我把你娇惯坏了。母亲说，我早提醒过你，做妻子不是做女儿，可以只索取不付出，不管男人女人，谁都没有义务做一辈子保姆的。

她终于想起来，他已经很久没有赞叹过她的指甲了，在别人夸他把老婆女儿两朵花养得娇艳的时候，他的脸上已经没有了过去的那种自豪。只是，她习惯了他的关爱，忽视掉了这些前兆。

她终于明白，原来幸福和指甲长度并不是成正比的。

她骨子里是要强的。她洗掉了指甲油，剪短了长指甲，开始学着做饭洗衣收拾屋子，开始学着做一个真正的母亲。一切都不容易，她却挺了过来。劳碌中，她也明白了他这些年的辛苦和不易，从心底里感激他的宠爱，让她这些年远离琐事家务，保持了一颗单纯的心和依然年轻的容貌。

她有了脱胎换骨的变化，真正懂得了柴米油盐酱醋茶调出的人间烟火味道。

在两家大人的撮合下,他们终于复合。她变成了能干的主妇,虽然饭做得并不美味,收拾屋子也还有些笨手笨脚,可做着这些的时候,心中充满柔情,而他看她的目光,也依旧温柔无比。她终于知道,对一个女人来说,菜做得不好吃不要紧,衣服洗得不够干净也不重要,关键是要心里装满了家人,一家人就是幸福的。

她依然悉心呵护自己的双手,却不再涂指甲油,也不再留长指甲。她也习惯了把指甲修剪成一毫米的长度,这样的长度,换来了长长的幸福。

>>> **适宜的，就是最美好的**

我认识一个小众女子，内心安静，眼神纯净，外形清瘦，平日喜欢黑白灰色文艺范儿的中式棉麻服装，人和衣服浑然一体，让人觉得，这些衣服就是为她设计的，而她，就是为这些衣服而生。

一次，无意间看到她出国度假的照片，不禁眼前一亮——她戴着一顶宽边遮阳帽，一副超大太阳镜遮了大半张脸，身着繁花吊带长裙，脚下夹着一双人字拖，坐在白色的沙滩椅上，背后是无边的蓝色海水。这时我才知道，倘若换一个场景，她原来也是适合亮丽颜色、时尚装饰的。

女子的香氛，也如此。要与人相宜，与环境场合相宜。

女人，大多是希望像香妃那样，能生来就带有异香的吧。有个女同事，日日用玫瑰花泡水喝，时日久了，身上竟隐隐有玫瑰花香。一个女朋友，爱用某个品牌的洗发乳，一个闺蜜喜欢用某个品牌的护手霜，无论在哪里，闻到类似的香味，就会想起她们。我母亲喜欢让花香浸染衣服，茉莉、桂花、蜡梅、白兰花，那时候，我们姐妹的身上总是有若有若无的淡香。

和现在的年轻人不同，在我们这一辈人心里，做老师，应该是朴素大方的，我们这些女老师，甚至连无袖的衣服都不穿，香水什么的，更是几乎不用。

记得当年在中专学校做班主任的时候，每天晚上都去女生寝室。有一天晚上，刚进寝室，那帮丫头就围着我叫起来："黄老师，你好香啊！"我惊讶道："怎么会呢？"一个丫头就说："真的，我早就闻到了，一直没好意思说。"我说："我只用擦脸的香香。"丫头们就喊："那就是香香的香，真好闻！"有个丫头还扑过来，夸张地抽抽鼻子，做出陶醉模样，引来一阵欢笑。另一个丫头问："老师，你用的是什么牌子的？我也要去买。"我便告诉她们，年轻就是美，本就有自然的香，不用刻意去做什么。

后来，还是有几个丫头用上了那个牌子的护肤霜。已经不记得具体的牌子，只记得是国货，很简单的包装，价格也不贵，略带甜味的香氛，和我的身份和年龄相宜。

这些年，很少用香水，偶尔用一点儿，也是妹妹给的小样，没有固定的品牌和味道。几年前，儿子说我不能再像年轻时候一样混搭，就从巴黎给我买了香水，并一再强调他觉得这种味道和我很搭。儿子的品位我向来是不怀疑的，于是，开始每日上班前涂一点儿香水。

一天，一个85后女同事拉着我问："黄老师，你用的什么香水？真好闻。"接着又说，"我觉得这香味就像你，淡淡的，很低调很优雅哟！"那一刻，一阵喜悦之情油然而生。人到中年，想要的，不就是这样一种味道吗？这是岁月之香。

一个朋友，性格开朗，为人直率，素日喜欢穿艳丽的衣服，爱用味道稍浓却不至刺鼻的香水，让人怎么看怎么闻都觉得很搭，很相宜。想想，如果她换了素淡的香，那还真是有点别扭了。

你爱桃红柳绿，我好云淡风轻。关于美，关于好，从来没有统一的标准，比如红配绿，放在都市，是"丑得哭"，放在乡野，却是"颜色足"。所以，适宜的，就是好的，就是美的。

>>> 大概安静的爱情，才能燃烧得久长些

见多了人前高调示爱的热闹爱情，校园里的学生们似乎也习惯了毫不掩饰的恋爱、毫不羞涩的亲昵，不禁有些想念那些安静的爱情。

她，姓梅，是高我一届的师姐，来自一个山清水秀的土家族自治县，个子小小的，瘦瘦的，很不起眼的样子。因为当时系里的女生少，又都住在一栋灰砖平房里，所以不久就熟悉了。

记得梅师姐有个亲戚在学校某部门任职，有些权力。可梅师姐仍旧是那个安静的女孩，进进出出，悄无声息，连碰面时候打招呼的笑，都是静静的。

然而，却突然听说梅师姐实习时有了男朋友，还是同在一所学校实习的校友。梅师姐的这一举动，犹如惊雷，让人对她刮目相看。

那时候，大学校园对谈恋爱是不提倡的，中文系主任是个极古板极正统的老头，明确表示反对学生谈朋友，还会冷不丁在某一个晚上

的十点半，到学校大门口门房抓那些谈恋爱晚归的学生。

梅师姐却依然是静静的，和男友去看电影，是安静的；一起到阅览室，也是安静的；甚至两人并肩走在校园里，也是安静的。不久后，梅师姐毕业离校，本来可以留在城里的她，和男友一起回了老家。系主任和梅师姐谈话，表示只要她和男友分手，就可以留城，却被梅师姐拒绝。

梅师姐悄悄地走了，听说在亲戚的帮助下，他们才得以去了同一所学校，不久就结了婚，再后来有了女儿，取名依梅。慢慢地，大家各自忙碌，断了音信。

再次想起梅师姐，是在几年前。本地媒体每年高考后都有采访报道状元学生的惯例，那年，本市文科状元是一个清秀的女孩，被北京大学录取。直到看完报道后几天，我才反应过来，那女孩叫依梅，是梅师姐的女儿，也是一个安静的女孩。

去年，又在报上看到，依梅考取了美国某大学的研究生。梅师姐夫妇仍然没有张扬，很低调，很安静。

这不禁让我想起夏师姐。

夏师姐，和梅师姐一个班，来自同一个县，也是瘦瘦小小、很清秀的模样。她们俩一样安静，经常同进同出。也是实习过后，听说夏师姐谈了男朋友，是她实习学校的老师，外地人。后来偶尔见过几次那个老师，个子不高，很清瘦，白净，很有些文艺青年的范儿。

自然，这爱情也是要受到压制的。还是一样的说法，要么分手，要么回老家。瘦小的夏师姐同样也很坚决。夏师姐男友说，他宁愿放弃城里的工作，也要随夏师姐去县里。毕业后，他们两人一起回到了山清水秀的小县城。有消息说，这些年，他们一直过得很幸福。

那些热闹、喧嚣的爱情，耀眼一阵子，结果大多是男女主角劳燕分飞。戏，是演给观众看的，越红火越热闹越有前途；日子呢，是过给自己的，越朴实越安静越能久长。两位师姐安静却久长的爱情往事，想起来就让人心里安静了许多，仿佛有一股温暖的潮水，从心中悄悄漫过。

>>> 换一种方式断句

小雨淅沥的晚上,宅在家里,看着电视,吃着零食。

先生拿出一颗酥心糖,念道:"落花,生酥,心糖。"我愣了几秒钟才反应过来,忍俊不禁,说:"你不会这么笨吧?这是落花生——酥心糖。"他哈哈笑着说:"你以为我真不知道啊?我就是突然觉着,这样断句很有意思,不信?你再念一念,想一想。"

按他的要求,我重新断句:"落花,生酥,心糖。"这样念着的时候,我眼前还真是有了另一种意境——脑海中竟然有了"天街小雨润如酥,草色遥看近却无"的美妙景象。春雨过后,楼下的樱花应该落了一地,枝头肯定绽出了嫩绿的新芽,这是一个酥软脆生的春天,我的唇边舌尖是甜蜜,心头眉间也是甜蜜。

这个春天的晚上,换一种断句方式,只是一个小小的文字游戏,虽让事情偏离了平常的轨道,却也倍添新奇美妙的意韵。先生总说自己是粗人，我却突然觉得要对他刮目相看了。大概，每个人的身体里都藏着一颗诗心，在不经意间，让平淡的叙述来了一个出人意料的断句，立刻便有了耳目一新之感。

曾经在某个真人秀节目上认识了长沙的"萝卜姐"李菁，她衣着朴素，性格爽朗，一句"我是一只小小小小鸟"一出口，就震惊四座。接下来的问答，更是引得阵阵掌声。

当主持人问到她和老公的工作时，她一点儿不羞怯地告诉大家，她就是卖自家做的萝卜，在长沙的某一个地下通道里，很多人开着车专门去买她的萝卜。她老公原来开出租车，如今也和她一起卖萝卜。主持人问她为什么不租个门面卖萝卜，能挣更多的钱。她的回答是，有门面当然能够把生意做大，挣更多钱，可那样就失去了随时出行的自由。原来，李菁觉得，每月挣够生活开销的费用就足够了，业余时间，夫妻二人经常带着儿子和朋友一起骑行、做公益。她说："儿子的功课并不是最好的，但他是个快乐、懂事的孩子。"

听着李菁淡然的话语，我脑子里总是萦绕着"我是一只小小小小鸟"这句歌词，不禁对她心生羡慕，她就是那只自由的小鸟。在李菁心里，能够自由地唱歌、自由地出行，比挣更多的钱更重要。

这是李菁与众不同的断句方式。她明白，生活可以有另外一种样子。她唱着"当你决定为了你的理想燃烧，生活的压力与生命的尊严哪一个重要"，她主动选择了实现自己价值的生活方式。

我有个朋友，20世纪90年代国内名牌大学毕业，后来移民定居美国，曾经在一家全球连锁的景观设计公司做到了经理级别，前途不可限量。正当大家都以为她会按既定轨道遣词造句写下更华美的人生篇章的时候，她却来了一个让众人意想不到的断句——遇见了心仪的另一半，不久结婚怀孕，生完女儿就回家了，接着生了儿子，在旁人惊诧不解的眼光里，她安心成了一个全职太太。

朋友们都很有些为她不值：读那么多书，打拼那么多年，结果，回家了。她自己倒不觉得有什么，经常在朋友圈嘚瑟地晒自家花园，还晒出大半夜起来给孩子们做的馒头……照片上的她，一件简单的丹宁布衬衣，一条牛仔裤，比以前黑了瘦了，少了职场的精干，却多了温暖的烟火味和满满的幸福感，灿烂的笑容里，明明写着两个字：得意。

我家孩子的同学依依是一个标准的富家女，大学毕业后，父母希望她先熟悉自家企业业务，以后慢慢把家业交给她。这是多少人想得而不能得的幸福，这个"90后"女孩却选择了不吃安逸饭，自己到上海找工作，每天起早摸黑，还经常加班，辛辛苦苦给人家打工。她的家人和朋友都很不理解，觉得她是放着安逸日子不过，非要去吃苦受罪。依依却说："花着自己挣来的钱，我心安理得，没有一点儿压力，我喜欢这样的生活。当然，我也期望能靠自己的努力打下自己的天地，到时候，再过安逸的生活，不是更安心？"

我以为，懂得换一种断句方式的都是高人，他们明白生活的真正意义，收获了别人无法想象的快乐，他们的人生篇章也因此更加丰富多彩，引人入胜。

>>> 烦恼来了，走在路上

女人一旦成家，除了工作需要出差之外，就很少有机会能够抛开家里的一切了。我和秋、鱼儿三个好朋友，每次一碰面就说要一起出去玩，而且计划都排出去好些年了：我们要去大连海边体验浪漫，要去新疆大草原策马奔驰，要去青藏高原看蓝天白云，然后，我们还要去丽江住上一个星期，悠闲生活，还要去北海道滑雪……可是，为人妻为人母以后，真是有太多牵挂和放不下。

去年刚放暑假，鱼儿就打电话来说，不行了不行了，再不出去要疯了。因为她家先生太过望子成龙，孩子刚上小学就"紧逼盯人"，一旦发现成绩稍有下滑，就在家批评孩子，责备鱼儿。期末，儿子在班上排名20名以后，她家先生就气得不得了，骂得儿子躲进房间不敢出来，之后又开始批评鱼儿没管好儿子，鱼儿忍无可忍，开口反驳，结果两个人大吵一架，几天不说话了。

鱼儿说，这次一定要出去散散心，不然要憋疯，你们一定要陪我。

好了，我们要"抛夫弃子"去旅行了。

选择酒店，预订酒店。查阅有关资料、图片。做足了功课，三个不同年龄却都想挣脱家事烦恼的女人，便策划好了这次旅行，决定放下一切烦恼，果断出游。

目的地——浪漫之都大连。

司机真的很热情，不但把我们从火车站送到指定宾馆，路上还不停地耐心介绍。网上注明这是一家三星级酒店，但外观却很不起眼，再想想在路上时司机说这家酒店原来是部队开办的，心里不禁有点失望。

办好手续，入住504房间。打开门，一股霉味儿扑面而来，心中又添失望。电源开关接触不良，半天不能有电，叫来服务员，说是要插进房卡以后拍打一下，并示范给我们，果然有电了，失望却更甚。进门后，鱼儿去开窗，拉开窗帘后，她大叫："可以看海啊！是海景房咧！"哇，有这么好的事情？还真就有这么好的事情，过马路就是大连市十大景点之一的星海公园啊，心情顿时多云转晴，欣喜若狂！

气温很适宜，很舒服。风，也是带着海独有的腥味的。

虽然不是第一次看见海，我们却依然激动不已。阵阵涛声，习习凉风，美妙的感觉渗透到每一根神经中去。海滨浴场更是人满为患，欢叫声连绵不断。

我们迫不及待踩着礁石下海，拍照，说不出的神清气爽。

世界最大的城市广场——星海广场,夜景也是美不胜收。

来之前,我们就商量好了要在世界最大的城市广场上骑三人自行车转一转。然而,好不容易找到租车点,却被告知三个女人不可能骑动三人车,无可奈何,我们只好租借了一辆双人的,三人轮流骑车也是一种乐趣吧。

秋和鱼儿先骑了一圈,开心得不得了,之后鱼儿下来换我上去,谁知骑到一半被汽车挡住去路。无奈下车,可是等绕过汽车,我和秋却怎么也骑不上去了,只好很难堪地推着走。才走几步,一中年男子诧异地问:"你们怎么不骑?"我们还没回答,他又说:"这种车我还没玩过呢。"秋一听指了指我赶紧说:"那你帮忙把她带过去吧。"和中年男子一起骑车时,根本不用我动脚。中年男子宽厚的肩背在眼前晃动,那种来自他人默默帮助的感觉让人异常温暖。

到了地方,和男子告别,却看不见秋的人影。广场上人来人往,怎么找人啊?她的背包也没带,电话都没办法打。鱼儿去各处寻找,我在原地看车等人。一二十分钟过去,还不见人影,秋的电话又响了,原来是秋的老公打来电话"查岗"。鱼儿慌张地说,糟了,我们女人没有方向感,已经把秋弄丢了。她老公却在电话里笑起来,建议我们去海边卖工艺品的小摊找找:"她最喜欢逛这些小摊,肯定是又在哪里挪不动脚了。"

果然知妻莫若夫,秋被我们两个找到时,正埋首于一家花花绿绿的小摊,我们正待骂她一顿,眼光却先被她手里挑好的一堆东西吸引

辑三 你微笑的眼里，有幸福的光芒

过去了：大片白色贝壳串起来的项链、拳头大小的海螺，还有两对朴素的玳瑁耳环，琥珀色的花纹漂亮极了！于是，尖叫着瞬间变身"购物狂"，三个女人叽叽喳喳，比来比去，批评着赞美着，一下子就在那一溜小摊上消磨了两个小时！

天早就黑了，满载而归的我们像孩子一样笑着闹着，走到海边著名的小吃大排档，点刚捞上来的海味吃。新鲜的海瓜子用秘制调味酱爆炒，蛤蜊豆腐汤那可是号称"天下第一汤"，一人两只扇贝自己放在炭火上烤来吃，还有清蒸的多宝鱼和模仿香港的"避风塘炒蟹"。走在回酒店的林荫道上，海风在耳边唱歌，大家连声说着"高兴、高兴"，感叹竟想不起来有多久没这样轻松快乐了，一点儿压力烦恼都没有。啊！出走的感觉真好！回到房间，就连向来失眠的秋不多时都睡得很香了。

六天下来，我们三个人的状态都有了很大改观，秋的失眠症不治而愈，鱼儿已经想好了调节先生心态的办法，我呢，一直以来的焦虑情绪也得到了缓解。

今年，我们准备去凤凰古城。

我们要在虹桥，过一把古时苗家女子的瘾，然后坐在藤椅上做梦。从梦中醒来后，我们就去寻找那万木斋、大使饭馆，去品尝说起来就让人眼睛发亮的血粑鸭、酸汤鱼、腊肉。

我们还要漫无目的地走在小镇的石板路上，看看现场制作姜糖、坐坐酒吧门前的木条椅，与卖银饰的阿婆套套近乎，看斜阳照在沱江上。等天色暗了，再一人买一盏小小的莲花灯，许下最美好的心愿，让它随江水渐行渐远……

看，不管在何时遇到何种烦心事，权且放一放，让身体行走在路上，接受万物的洗涤，也许看一番美景，就能豁然开朗呢！

>>> 在花钱中挣钱

Candy刚从加拿大留学回来,召集几个闺蜜聚会,一见面她就问谁有打折卡。Alien忙说:"我有,荆莲酒店的VIP。""那我们就去荆莲!"四个人异口同声地说出这句话,忍不住相视一笑。

Candy拿着菜单研究了半天,点了四菜一汤。席罢,她对Alien说:"你去买单,等会儿我把钱给你。"结账回来,她俩就开始了"现金交易",Candy一边给钱一边笑着说:"我请姐妹们吃饭,是因为友谊,但可不能让酒店占更多便宜,哈哈。"

Candy家境优越,曾经是一个出手大方的女孩儿,大学时就用资生堂一类的化妆品了。可是现在,嘿嘿,也和大家一样成了时尚"抠"一族。

Candy、Anny、Rose和Alien,大学时是最好的朋友。毕业后,Candy去了加拿大留学,其他三个则在同一城市找到了各自中意的工

不妨从容过生活

作，Anny进外企做了白领，标准的OL小姐，Rose也成了公司的人力主管，Alien呢，则做了一家时尚杂志的美编。

但是她们仍然不约而同地成了"酷抠"一族。三个人在距离各自单位相近路程的地段合租了一套三室两厅，互相有个照应，又可以分担租金，减少支出，毕竟现在生存的压力很大，钱也不是那么好挣的，她们要把有限的钱用到极致。

上班之后，Alien花了一段时间把公司附近的购物、吃喝玩乐各种去处摸得一清二楚，聚会的时候，总会列出一大串地名或店名供大家选择；另外两个人则像扑火的飞蛾一样直扑她那儿去。Alien的钱包沉甸甸的，却没有太多现金，而是塞满了一张张银行卡，她清楚今天招行有消费积分，明天工行有消费奖励旅游，后天建行有分时间段消费回报，看着Anny和Rose吃惊的目光，Alien总是很自豪地说："你们绝对想不到，花钱原来也可以赚钱啊！"

闺蜜三人合租的家里的茶几上，存放着Alien保留下来的各种杂志、报纸，不要以为是上面的文章有多吸引人，能够吸引她们的眼球，吸引她们眼球的是那上面赠送的各种折扣券。当初，她们对这些折扣券也是视而不见的，直到那天，Alien抱着好玩的心理从《世界时装之苑》上剪下那张百丽折扣券，之后连打折带减免，一双靴子竟然整整少花了300元，她一整晚都高兴地哼着小调在客厅晃来晃去，直把Anny和Rose瞪红了眼睛。那一刻，她们才发现，原来折扣券实在是太可爱了！它们可以让人不用花太多的钱，却能享受到更多的快乐。既

辑三　你微笑的眼里，有幸福的光芒

然如此，又何乐而不为呢？！

购物的时候，Alien不再只驻足国贸、华联那些大商场了，她开始喜欢去那些生活小店，里面那些小巧美观的家居用品总是让她们三人爱不释手，但她们很有耐心，也很有信心，在年终特卖的时候，将那些心仪已久的小物件统统收罗回家，却只用花平时一半的价钱。至于洗衣粉、卫生纸这些日常用品，Alien也早已和Anny、Rose达成共识，家庭装比小包装更划算，就连牛奶，也是大号家庭装更省钱。真是很感谢计算器，有了它，姑娘们才能把"抠"进行到底。

她们不再热衷去美容院SPA。因为有一天她们突然发现，自己常去的那家美容院又扩大规模了，那小学文化的女老板还在一豪华小区买下了200平方米的复式住宅，"这复式住宅里有我们三个多少贡献啊！"三人痛心疾首。其实，那些精品小店里，有浴盐，也有天然精油，而做一次SPA的价格，则几乎就是它们一瓶的价格，那女老板的一瓶精油能美多少人啊？她又如何能不富呢！于是，她们买回了一个原木桶，还有浴盐、精油，家中SPA的感觉不要太美妙哟！

商店东西价格太离谱？网上淘宝，惊喜连连。Anny说："以后我还要专门上二手网站。等结婚有了孩子，你们送的穿不了的衣服啊玩具啊什么的，我全部都拿到网上去换钱。"没想到，这个Anny，居然学得这么会打算，不过呢，也的确是很可行的办法。

好不容易三个人有了共同的假期，出去旅游吧！

旅行社价格太贵，路线还不好，怎么办？上网，预订机票、酒店,确定线路、景点,远离旅行社的"控制",去领略更多的风光。

一路"抠"下来,终于发现,不知不觉节俭已经成了自己生活的准则,但她们并不是像父辈们那样不消费或者减少消费,而只是在用最少的钱获得尽可能多的享受,满足自己尽可能多的需求。其实,节俭是一种更理智的、更成熟的生活方式,传统与现代的结合,让她们如鱼得水。

>>> 把爱好玩到极致

如今的女人们，早已不是过去围着锅台、丈夫、孩子转的"三转"女人，她们在完成工作之余、承担家事之外，大多都有自己的爱好，既能丰富自己的业余生活，又可陶冶性情，提升素质。

认识几个有智慧的女子，她们的爱好不仅悦己，还能悦人，真正是把爱好玩到了极致。

文友清秋是某省城的一名小学英语教师，业余时间喜欢做女红，但是，她不是做做布头拼接、沙发靠垫的小打小闹，她玩的是高级手工游戏——设计制作美丽衣裙。她说她的梦想是做一个服装设计师。

清秋的女红是她的姑母教的，没想到，清秋一下子就喜欢上了这些。工作之余，她除了写诗词，就是乐此不疲地去街头的布店淘布，然后设计制作各种手工品。她做过沙发靠垫，做过手机套，也做过各种各样的衣服裙子，特别是女儿出生后，她更是把女红发挥得淋漓尽致，女儿的每件衣服都是她自己亲手设计制作的，靠自己的一双巧手，清秋把女儿打扮得像花儿一样。

清秋也给自己设计制作衣裙，但一般都是只能穿一次，因为总是会被同事或朋友看上，"抢掠"而去，而这，也给了她成就感，使她更开心地投入其中。

大概是2009年，清秋突然说，她要到淘宝开家网店，专卖自己设计制作的服装。她果然就付诸行动了，注册成功之后，开了一家开心手工。看着每天都有新品上架，我知道，清秋开始实现她的梦想了。清秋的网店与众不同，除了服装都是中式风格裙衫之外，她还给每条裙子每件衣服起了一个美丽的名字：清晨的玫瑰、黄昏的邂逅、窈窕、素、蝶舞……网店从最初生意清淡到如今异常火爆，从开始独自淘布设计裁剪制作兼做真人模特到现在只淘布设计其他交由专门门店完成，再到请来专门模特展示，她的美丽衣裙满足了众多喜爱长裙、追求个性的女子的要求，也为自己挣到了更多的快乐储备金。

清秋说，收益十分可观呢！

短短两三年，清秋就靠自己的眼光做出了品牌，如今，清秋的网店已经是两个皇冠。把自己的爱好玩到如此境地，真是令人赞叹。

鱼儿是我的闺蜜，在一家高校做老师。她喜欢绘画，业余爱好是绣十字绣。最初，她只是为了让自己能够静下心来而选择了十字绣，但她越来越发现十字绣的迷人之处，看着从自己手中诞生的一幅幅作品，鱼儿找到了和绘画相似的兴奋感。作品绣好之后，鱼儿还会拿去装裱配框,然后用来美化自己的家。后来,她又用其作为礼物送给亲朋好友,因为是自己亲手做出来的,这样的礼物很受欢迎。

一次,我们开玩笑对鱼儿说:"你的手艺这么好,何不开家网店,赚点碎银子,也好多请我们吃几次饭嘛!"本来是玩笑话,没想到鱼儿却当了真。接下来一段时间,鱼儿就四处考察十字绣小店的情况,还到网上了解开店事宜。半年后,鱼儿果然就去注册了网店,专卖十字绣用品,为喜欢十字绣的同好者提供方便。鱼儿说那些千篇一律的画样太没创意,她还充分发挥自己的绘画天分,自己设计十字绣画样。此外,鱼儿还请了自己的小表妹来帮忙照看网店,负责客服,她自己除了教学工作外就是主管画样设计和店铺装饰。

因为有绘画功底,而且眼光又十分独到,鱼儿设计的画样别具一格,很快就吸引了不少拥趸。一传十十传百,鱼儿的小店越来越红火,都有些快忙不过来了。不过,鱼儿并没有扩大规模的想法,她说:"我本来就是因为喜欢才玩,如果把喜欢变成了压力,那就不好玩了,也违背了我的初衷。"

玉荷是我的博友,文静秀气,喜欢玩小玉器,尤其喜欢古玉。对于收藏玉器,玉荷不以价格论英雄,她有一套自己的标准。比如,她曾经看上一个一寸来长的竹节形玉吊坠,卖家出价不过五六十元,她二话不说就买下了,她说这东西寓意好,节节高升,即使自己用不着,到时候送学生送朋友都很不错。此外,她还收藏古玉,那些琮啊佩的,在我们看来也就是一块石头而已,玉荷却懂得它们的历史,当宝贝一样。

玉荷收藏小玉器多年，家里堆积了很多小玩意儿，因为有时候控制不住自己，常会有一些重复消费，就算送人也要不了那么多。

玉荷在几个著名的玉玩网都有注册，也结识了全国各地的玉友，有时候还会互通有无。一次，一个玉友看了玉荷在论坛贴的图片，留言说想购买，这件事让玉荷想到了开网店。她想，论坛上喜欢玉的朋友很多，也一定还有像最初的自己一样虽喜欢玉却不上论坛的人，那肯定也和自己一样要上网店淘宝贝，自己那些重复的宝贝，不就可以推销出去了吗？于是，玉荷开了家玉荷小玉店。

玉荷淘来的那些别致的小玉器，与众不同，价格也不是太高，购买者不少。玉荷还新认识了不少同好者，有时候，也与玉友以物换物。玉荷说："这小店真是好，既能挣钱，又能淘到好玩意儿，还可以结交朋友，一举多得啊！"

聪明的你，有什么爱好？是不是也可以想办法把爱好玩到极致，玩成一种理财的方法呢？

辑四
沉淀在时光里,静心细数落花

>>> 岁月很无情,你可以淡定些

和朋友鱼儿一起去剪头发。

随着剪刀的"咔咔"声,我看到落在围裙上的碎头发,黑色中竟然有些闪亮的白色。

鱼儿说:"好多白头发,你该染染了!"

理发师会说话:"下次有时间来做个颜色吧,短发有颜色更时尚些。"

我捡起一根白发:"是该染一下了,越来越多了。"言语间,波澜不惊。

和一个女友在网上聊天,她说:"我昨天发现已经有几根白头发了,以后要多吃点核桃补补脑。"我发了一个拥抱的表情:"嗯,是要好好补一下。"

然后,她絮絮叨叨说了半天自己的白发,说要去做护理,防止白

发再生，说已经把发现的白发拔掉了又不知道拔白发好不好，因为大家都说拔一根长三根……

最后，她问我有没有白发，我说："有啊，太多，拔不过来，就不拔了。"她很是惊诧："你怎么能这么冷静？"我大笑，告诉她："从紧张到冷静，只是一步之遥，你也会有这一天的。"

说实话，我早已经忘记自己是什么时候长出的第一根白发，但很清楚地记得，当年，我也是如朋友这般紧张的。在年轻的心里，白发就意味着老去，怎么能不紧张呢？自然也是狠吃核桃和黑芝麻，天天按摩梳头，想延缓白发的增长速度，也曾见白发如见仇人，一刻也不能容忍它的存在，要尽快拔去，似乎晚一点就又会"引"出更多的来。

最后，却终于发现，吃再多的核桃、芝麻，做再多的按摩，都不能抑制白发的生长，如果要持续拔掉长出的白发，过不了多久，我原本不多的头发就会越来越稀疏。心中真有说不出的哀愁啊！

可哀愁归哀愁，这日子不照样还得过下去吗？人生苦短，一天天不是还要过得快乐幸福吗？说来可能有人会不相信，我居然就在不知不觉中坦然接受了越来越多的白发。有句俗语说得好："虱多不痒，债多不愁。"任何事情发展到最坏的地步，也就不再成为一种负担了。

当然，我还是会染发，一年两次的频率吧。

理发师说得很有道理，剪短发做点颜色更好看，谁不想显得年轻好看呢？！还有一个原因，就是不想让孩子看到难过。记得有一次和儿子一起出门，突然，坐在后座的儿子用手轻轻撩起我的头发，说："老妈，你的白发怎么这么多了啊？"我笑笑："越来越老，当然越来越多嘛！"儿子不作声，手在我头上摩挲着。我知道，心思细腻的他，是在为父母的老去伤感了。

有一个女友，几乎一月染一次发，说不染就遮不住白发。曾经劝过她染发剂对身体不好，但她很无奈地说："不染就是一头白发了，等退休就不染了吧。"想起我的婆母，前些年也是一直染头发，被劝说之后，她说："等过了七十岁就不染了。"如今，她果真不染了。

我会什么时候停止染发呢？仔细想想，还真不知道。

那天，年近八十的母亲照着镜子说："这些黑头发怎么还不白呢，花白真难看，要是全白该多好，像秦怡那样。"我笑了，你看看，一路走过来，竟然是这样的期盼了。

同母亲一样，我也爱看满头白发的秦怡。雪白的头发，映着清澈纯粹的眼神，从容淡定的面容，那里面，没有过多的欲望，没有人生的不如意。一切过往，都已风轻云淡，不管几经花开花落。

罗曼·罗兰说过，世上只有一种英雄主义，就是在认清生活真相之后依然热爱生活。这种英雄主义，是一种人生大智慧，是一种彻悟后的镇定坦然。

>>> 时光也偷不去的优雅

对于女人来说，时光会偷去很多东西，比如容颜、黑发，但它却在一些东西面前别无办法，那便是独属于女人自己的端庄与优雅。

母亲是家里唯一的女儿，也是兄弟姊妹里最苦的一个。

我外祖父是个不太顾家的人，加上又在远离省城的小城工作，家里事情根本指望不上他。当时，母亲的大哥、二哥都已参军在外，我外祖母独自带着剩下的四个孩子，母亲就成了家里最好的帮手，到了读书的年龄也没能上学。

母亲13岁时，我外祖母因病去世。家里就剩下母亲和两个年幼的弟弟，还有一个出生没多久的妹妹，母亲就成了弟弟和妹妹三人的"母亲"。自己还是个孩子的母亲带着弟弟和妹妹艰难度日，没多久，妹妹夭折。母亲无奈之下，带着两个弟弟随外公从省城来到小城。

外公续弦后，母亲才得以插班入学，和那些比她矮一头的孩子们一起发蒙。

母亲格外珍惜来之不易的读书机会，好学，勤奋，一路顺利读到高中，由于家庭原因，高考成绩优异的母亲，只能填报省内的一所师范学院，毕业后回到小城做了一名老师，安静地生活。

某年五月的一天，母亲对我说："六月我们高中同学聚会，一起为班主任老师庆贺八十岁。"看着已经七十四岁高龄的母亲，我有些愕然。母亲的高中，是51年前的事情。

母亲说，是班上的张同学发起的活动，因为很多同学毕业后就再没见过，信息很不齐全，但张同学不厌其烦，四处联系，辗转打听，一个一个地寻找。

接下来，母亲经常发布同学会的最新消息，今天说联系上这个了，明天讲找到那个了。每说到一个名字，母亲都会回忆他（或她）当年的模样。记忆清晰，细节生动，如在昨日。

我问母亲："当年您是班上最大的吧？"母亲说："是啊，幸亏离开省城，不然连书都读不上呢，高中毕业我都二十三了。"屈指算来，母亲的那些同学也都是年近古稀的人了。一群白发老人聚在一起，为老师做寿，想一下，都觉得眼眶发热。

离聚会的时间越来越近，母亲有点激动。她总说头发长了，是不是该去修剪一下。父亲说不用，母亲不信，我又说不长，刚刚好，母亲才照照镜子说："好吧，就这样。"

我看着母亲笑，女人到什么时候都是最在意自己的形象的。看着依然腰身挺拔、端庄美丽,常被人夸气质好的母亲,我心里有说不出的高兴。女人啊,不管年龄多大,都要对自己负责,都要活得优雅,不能沦为邋遢老太太。

聚会那天,母亲穿了一件暗红底纹黑色花的丝绸短袖,一条黑色裤子,大方稳重。后来,母亲说:"他们都说我变化最小,说起年龄,还有人开玩笑说一直以为我是小妹,没想到是大姐。"母亲有些不好意思地笑,我知道,她是开心的。

母亲还说:"我们约好了,以后有时间就要聚,这把年纪,见一次不容易,要抓紧时间了。"

一连多日,母亲都沉浸在同学相见的快乐中。

我想象着这群老人见面的情景,心里不禁有无限向往,也有无限感叹。

毕业五十年后的同学会,听着多美好!即便是青春的容颜不再,澄澈的眼神不再,挺拔的身姿不再,但那浓浓的同学情,依然纯净。而早已经七十高龄的母亲,也依旧优雅端庄,仿佛岁月即使偷去了她的容颜,却对着那窃不去的渗透在肌肤和血液中的优雅束手无策,也许,这便是属于女人的时光深处依然耀眼的优雅吧!

>>> 做一个幸福的路痴女

我羡慕那些路痴女，比如我的闺蜜筝筝。

一次，我陪她去一个大商场修手机，等候的时候，她说要去卫生间。我说："你去吧，我就在这里等你。"于是，她去了。

没想到的是，筝筝这一去，半小时都没回来。我连忙去卫生间找她，可哪里还有筝筝的影子。我茫然四顾，心里暗暗叫苦，这路痴女又迷路了。而她手机又正在维修，没办法联系，这要真丢了，她老公非找我麻烦不可。好在我急中生智，三步并作两步忙往楼下奔。

跑到商场正门口，就看见筝筝一脸焦急地迎过来："哎呀，我走出来就不知道应该是往左还是往右转了。"我又急又气："真是没话说你了，进去的时候往左，出来就往右嘛。我站的地方离卫生间不过二十米，你居然就走不回去，真是服了你。"筝筝无辜地看着我："我根本就没注意进去的时候怎么走的。"我无语了："你为什么不问路人呢?"筝筝更是无辜了:"问了,还是没找到啊。我只好到大门口来,我想你肯定会到这里来找我的。"我不知说什么好了:"姑奶奶,你还能找到大门,真行啊!"筝筝挺得意地笑:"我问人家正门在哪里,正好有个男的往外走,他就带我过来了。"

回家的路上,筝筝说:"不好意思啊,今天让你着急了。"我摇摇头说:"唉,没事,我习惯了。"筝筝就很羡慕地说:"你真行,那么会认路。我就不行,每次出门都得老公带着我走,不过倒不用我操心了。"我叹息道:"每个路痴女的背后,都有一个可以依赖的老公啊,真是幸福!"

我的朋友雪儿。在家的时候,除了每天上班下班坐公交车,其他都是打车,她说宁愿多花点钱,也免得找不到地方费神费时。

有一次,我约她去一个新开的餐厅吃饭,那地方离她家不过两个街区,我在电话里仔仔细细告诉她怎么走,她"嗯嗯嗯"地应着,说知道了知道了,马上就到。她还果然是马上就到,我便心里有数了:"肯定又是打车来的吧?"雪儿嘿嘿笑着:"知我者,叶子也。"我说:"唉,I服了You!"雪儿嘻嘻笑道:"我不是怕走错路找不到地方,害你等得着急嘛!"

那年,我们一起自助游大连。一下火车,雪儿就买了张地图给我:"出去玩怎么走就交给你了。"她自己路痴,还偏要玩文艺范儿,坚决不打车,要坐公交车,坐轻轨,说这样才能真正领略城市的味道。在大连玩了七天,每天出门都是我手拿地图,带着雪儿东奔西走。雪儿还哆哆地说:"你真行,以后就和你出门玩。"我吓得连声道:"千万别,我受不起这个累。"雪儿嘿嘿一笑:"你学文科,地理超级棒啊!"我不忿地叫起来:"你也学文科,也学过地理啊!"雪儿不紧不慢地说:"我只能纸上谈兵,你有天赋,才能理论联系实际。"最后,我心里只剩下羡慕嫉妒:"知道你在家里有依靠,不操心,是个幸福女人,别在我面前嘚瑟了。"

从此,我坚信路痴女都是幸福的。

父亲去世后,母亲去了上海我妹妹家。一天,母亲对我说:"上次和你爸爸在上海住了三个月,我都不知道小区有几个出口,每次都是跟着他走,不操一点儿心。这次一个人了,终于搞清楚几个门了。"我听得有些心酸,却很羡慕母亲,曾经那么幸福。

前不久和几个朋友一起出门,先生开车,返程时走到一个路口,先生有点犹豫。我说应该往右转,他不信,靠边去问路,果然是右转,我心下那个不服啊,连声抱怨:"看看,你怎么就不相信我啊?"一个朋友悄声对我说:"这种时候,你最好什么都不管,把所有的事都交给他,把自己也交给他,就好了。"

哎呀,那一刻我真有醍醐灌顶之感啊!那些幸福的路痴女,不就是这样的吗?路痴也许是一种说不上缺点的缺点,但扮演好一个路痴女的角色有时又何尝不是对身旁之人的全心信任呢!

从今后,我也要开始学着做一个路痴女,即便被卖了,还要帮他数钱。

>>> 让皱纹成为一首青春之歌

和朋友聊天，说到时间过得快，女人老得快。朋友感叹："唉，真是不愿意老啊！"我说："不愿意老就不老呗！"她道："切，时间哪能以你的意志为转移！"我笑了："时间不能掌控，心态可以把握啊！你看看网上走红的92岁老太太，多年轻，多时尚。女人嘛，只要心年轻，就能永葆青春不老。"

还记得2015年春天的时候，时尚界掀起了一股"奶奶团"风潮，几位年过八旬的时尚老太太，满头白发，却依然风姿绰约，风采不输小鲜肉，不禁让人发出"绿荫幽草胜花时"的感叹。

2015年5月，网上有一篇文章走红，标题叫《看看这位92岁的姑娘，你的生活只能叫老太婆》。故事的主人公是Phyllis Sues，一个生于1923年的姑娘。她50岁时创立了自己的时装品牌，70多岁时成为作曲家并学习了意大利语和法语，80岁时开始跳探戈，85岁时走进瑜伽课堂……看着她的照片,人们不禁惊呼:这分明是一个活力四射的老顽童啊!对于人们发自内心的迫切的疑问,Phyllis Sues说她保持年轻的秘诀是:运动、学习和倾听,懂得感恩并珍惜现有的生活。

不要说这位奶奶是奇人,也不要叹她是奇迹,仔细观察一下,你会发现其实你身边也有这样的奶奶级姑娘。

前不久,看到老同事陈老太太老两口的照片,说是刚到天津参加了全国中老年羽毛球赛,成绩很不错。大家一致赞叹:"这老两口,一点儿不见老,玩得真开心啊!"

陈老太太七十二,老伴七十四,退休后二人随小儿子定居深圳。记得去年十一期间老两口从深圳回来时的场景。性格爽朗、身着印有"世界华人羽毛球联合会"字样T恤的陈老太太,拿出比赛得的奖牌好一阵显摆。陈老太太用四川话说:"以球会友,不在乎名次,主要是几个合得来的朋友一起出去耍,要好爽有好爽哟!"听这话,看这笑容,哪像古稀老人啊!

和陈老太太一样"年轻"的还有同事阿苏。

阿苏退休后,成了学校退休职工艺术团"自由部落"的一员,每周有两个下午参加舞蹈培训。艺术团聘请学校的舞蹈专业教师,教授基本动作,也有针对性地教授某一个舞蹈。2016年的迎新年文艺晚会上,"自由部落"表演的《高原蓝》获得一阵又一阵掌声,可谓艳惊四座。

阿苏作为领舞,自然更受瞩目。校报记者采访她的时候,她满脸自豪:"我们只是喜欢跳舞,每天不跳跳,就觉得骨头不舒服。而且,几个老姐妹在一起,还可以说说话,排解一些烦恼,你看我们,自从开始学习舞蹈,精神都好了很多,身材也不错吧?"看着阿苏和她的伙伴们,谁能说曼妙只属于青春年少?

后来某天,在学校实训楼碰到阿苏。奇怪,不是舞蹈培训的时间啊,她到实训楼做什么呢?阿苏笑着说:"今天茶文化专业有插花艺术课,我在随堂学习。"我差点尖叫起来:"你真有闲心啊!"阿苏哈哈笑起来:"现在退休了,有时间做自己想做的事情,多好!"她的眉间嘴角都是笑意,因为这欢愉,眼角的皱纹也变得生动起来,就像微风轻拂下的湖面,荡起一丝丝涟漪。

朋友清宁的母亲年近八旬,却依然喜欢漂亮的衣服和首饰,每次出门,必定描眉,佩戴与衣服相配的首饰。清宁说:"我老妈可讲究了,还经常批评我不太讲究,怎么不像她一样爱臭美。"还是同一天,清宁又说,"我老妈发短信来,说又新买了两件羊毛衫一件衬衣。想想我都多久没逛过商场了。唉,我怎么感觉我的心态还不如老妈了呢?我是不是该向我老妈学习学习了?都说人先衰然后老,我真不能年岁还没有多大呢,就心衰了啊!"

有人说,青春老去是一件很可怕的事情。但流光无法抗拒,我们都终将老去。如果当青丝变白发、腰背不再挺拔时,还能够拥有对美好事物的向往,保持生命蓬勃的能力,获得亲手创造的快乐,纵然皱纹爬满脸颊,你也会觉得,每一条皱纹里都满满写着激昂的青春之歌。

>>> **看看我怎么老去**

在朋友圈看到一个自拍，主角惊艳，让我一时没认出来。细看，才知道是年轻同事小肖。往日，也没觉得她有这么漂亮啊！小肖不好意思地告诉我："放朋友圈嘛，肯定要先修修，再秀秀的，我们这些普通人，又没有国色天香、倾国倾城的容貌，本色出镜，不要吓死人啊！"

小肖的确是个喜欢自拍的人儿。新买了衣服，要对镜自拍；刚做了头发，自拍留念；阴雨霏霏，要在伞下自拍；天气晴好，要以蓝天为背景自拍；就连做了一顿有点模样的晚餐，也要凑在桌边，来张自拍。当然，无一例外，镜头里的她，很漂亮。她说，自拍记录生活，也赢取赞誉，能给自己找点自信。

还有一个朋友，也喜欢自拍，不过她不放朋友圈，只自己欣赏。她是一个性格内向的女孩，自拍的照片却各种表情都有，她说，不太习惯在人前表现自己,就偷偷用自拍来记录不一样的自己,发现自己的另一面。

我的一些学生也喜欢自拍。各种搞怪的表情,要么萌翻观众,要么惊呆围观者。那天,看见一个学生的手机桌面是自拍照,他搂着一个娇小的女生,动作很亲密,表情很甜蜜。我问:"这是你女朋友?"他哈哈笑着说不是,就是一个好朋友而已。见我不解,他说:"没有别的意思,就是想表达一下我们的感情,与爱情无关的感情。"我摇摇头,终于清楚地意识到和年轻人之间有了一条鸿沟。

年轻,有重来的资本,也是自拍的资本。

年纪大的人玩自拍,需要勇气,也更需要技巧。

我的同事美姐,就是一个喜欢自拍的大姐。五十岁的她,几乎每周都出游,朋友圈里,每周都能看见她的自拍美图。美姐爱美,也是个聪明人,她的自拍多侧面、多朦胧,皱纹、眼袋都被巧妙掩藏。每次都引来一番"美姐好年轻""美姐青春不老"的点赞。美姐说:"这些赞,是我永葆年轻心态的源泉。"

朋友易阳最近也爱上了自拍。自拍没什么不好,问题是,易阳今年五十八岁了。

那天,几个朋友小聚,易阳拿出手机,划拉出相册,我们看到无数张照片,是同一个场景穿着不同服装的她。有人笑她自恋狂,自拍这么多照片。易阳却很认真地说:"我就是想每天拍一张,看我怎样一天天老去。"

原来,易阳此举是受一篇文章的启发。那篇文章里写了一个男人,每年同一天在同一个地方拍照,一年坐着,一年站着,坚持拍了几十年。文中的照片,见证了一个男人从风华正茂到耄耋之年的过程。

易阳说:"我从退休那天开始,每天拍一张,记录我过去的模样,见证岁月的沧桑。"

易阳的话让我想起一句诗:"静静地望着夕阳,就像静静地望着自己老去。"

我拿过她的手机,一张张翻看。一张两张不觉得,多张之后,我发现了易阳脸上标记着老去的细微痕迹。那一刻,我有些佩服易阳。我见过自拍的各种角度、各种背景、各种美丽、各种奇葩,却只从易阳的自拍记录里,看到一种正视年华流逝的大气和从容。

我不知道看到比昨天更老的自己,易阳心里有没有闪过伤感,但我相信,易阳一定会怀着快乐之心度过每一天,因为,我们现在的每一天都比明天年轻。

>>> 幸福也庸常

同学雨,四十岁的时候终于走出了围城。她满怀失落地说:"婚姻太让我失望,整天都是柴米油盐的琐碎。我向往一种生活——夫妻俩有共同语言,有情趣,有格调,更有浪漫。"雨说要继续寻找她梦里的生活,不想在庸常中消磨了人生。看着她如十八岁少女般憧憬未来的神情,我突然有些汗颜,大概我是一个凡人吧,这么愿意徜徉在俗世平庸。

连绵阴雨后,寒风凛冽刺骨。下午,去菜市,这个时间点,菜市上没几个买菜的人,菜场里冷冷清清。但有一个菜档,档主是一男一女,男的走来走去忙碌着,女的坐在凳子上,嘴里絮絮叨叨讲着什么,仔细一听,原来是昨晚去看广场文艺节目的趣事。女人已不再年轻,微微有些发胖,脸上有寒风吹过的酡红,却满脸是笑,幸福而满足。男人一边忙着给我拿菜、算账,一边很认真地听着,看似淡然的

不妨从容过生活

脸上,却有着若隐若现的自得和满足。

在这样一个阴冷的下午,菜场里的这一对男女,让人心底觉得暖暖的。

公交车上,身边站着一对中年夫妻,男人拎了两个大旅行袋,女人想接过一个,男人却说:"你管好自己就可以了。"一路摇摇晃晃的,二人很自豪地谈论着孩子和同学去上海旅游的事,突然,女人看着车窗外,露出一副很娇羞的神情,对男人说:"我想喝酸奶了。"男人像哄孩子一样,很温柔地说:"等下了车再喝啊!"女人便很乖巧地答应:"好。"

看到这一幕,我突然觉得,幸福生活大抵如此了。

年近八十的父亲牙不好,有一次,吃东西把门牙磕掉一颗,后来虽然镶了假牙,可他总觉得戴着不舒服,所以,只要在家就不戴,也是因为这个原因,父亲很多东西都吃不了。

那天,父亲、母亲、我和儿子,一边吃饭一边说着闲话,听儿子讲学校里的事情。母亲煮了筒骨莲藕汤,还做了一道香煎刁子鱼。父亲自然是吃不动骨头和鱼的,说话间,却见母亲夹了一块骨头,咬下一块肉,自己却没有吃,而是放进了父亲碗里,接着又咬下一块鱼肉递过去。我愣了。母亲笑笑,说:"我现在是你爸的牙。"

心底一热,我的眼睛濡湿了。

忽然便想起同学雨对生活的梦想。她想得到的有很多,却唯独没有温暖真实的人间烟火。

几天前,雨突然打来电话,说她准备复婚了。我很惊喜,雨就讲了自己开车时见到的一幕。雨在一个路口碰到红灯,等待无聊之时,她看见路边一对中年夫妻一前一后地走着,妻子打毛线,丈夫拎线袋,配合得那么默契,不近不远,是恰到好处的距离,既方便了妻子拉线,又能照顾到妻子,虽然没有言语,一份情感却在无言之中弥漫开来。车走很远了,她依然回头遥望那一对夫妻,有一种感动,悄然氤氲在心底。

雨用一种大彻大悟的口吻说:"那一刻,我猛然醒悟了。"

浪漫爱情、幸福婚姻是人类永恒不变的追求。爱情的最高境界是什么?婚姻的完美状态是什么?有人说是相濡以沫,有人说是默默厮守,也有人说是骨肉亲情……要我说,这些平常日子里细小不起眼的庸常细节,无一不让人真切地感触到关于生活的幸福和快乐。

>>> 亲密有间，闺才成蜜

那天，闺蜜晨晨发来一张照片，嘚瑟她新做的头发。

我自然要使劲地"粉"了："哎呀，真漂亮啊！"她于是顺杆爬："手机没有美颜功能，也没用美图啊，居然连一颗痣都看不到，啧啧……"我更加捧场："是啊，粉嫩粉嫩！"她又接着嘚瑟："素颜素颜，完全素颜啊！哈，对了，涂了点口红。"不待我开口，又说："看这颜值，上个什么相亲网，能骗倒一大片吧。"我忍不住大笑，老公在一旁很是不解："发什么神经？"我便把照片拿给他看，老公也赞道："别说，晨晨这小脸还真是好看。"

我再看照片，觉得的确好看，也把老公的话转告给晨晨，意料之中这家伙越发得意："你家先生说好看，看来真是拍得不错，告诉你，我就在卫生间拍的，哈哈！"我有点无语，故意敷衍道："是啊，大小姐你基础好，怎么拍都好看，不像我们，一张老脸，怎么拍都好看不了。"晨晨赶紧说:"哎呀,就是觉得还不错忍不住想找人嘚瑟,除了你,我能跟谁这么放松嗨皮啊!"我假装嗔怒:"以后嘚瑟也要注意,别一不小心伤了人。"晨晨忙装哆道歉:"对不起,对不起,我没想到会伤你啊。再说,你有什么好受伤的?拍出来一样好看。"我又佯装生气:"切,你知道咱皮肤没你好,下巴没你尖是吧?"晨晨直叫冤枉:"哎呀姐姐,真不是故意的。"心里差点要笑场了,怕憋不住,我赶紧"哼"一声,大人不记小人过,说道:"你要故意,看我不……"

说实话,我强大的小心脏,就是这样被几个闺蜜"蹂躏"出来的。

欣欣家的女儿,从小到大,成绩一直很好,是个标准的女学霸。记得那年暑假,欣欣女儿升级为高中生,越发上进,是不用扬鞭自奋蹄的那种。

一天闺蜜小聚,我问欣欣:"你家丫头期末考试成绩又很好吧?"谁知欣欣不满意地说:"没考好啊。"我问:"怎么会呢,你们要求太高,丫头肯定又是数一数二。"欣欣很认真地纠正说:"我们要求不高啊,她是真的没考好,上次比第二名多出32分,这次只多了20分,你说这一年一晃就过,她这样子怎么行呢,我真着急啊!"

听得此言,我半晌无语,而欣欣只沉浸在她自己的焦虑中,却不知道她的着急,已严重刺伤了我的心。当然,我知道她不是故意的,高处不胜寒,欣欣长期做着优等生的妈妈,自然体会不到中等生妈妈的心情。人家急的是比第二名多的分少了,我们急的是,孩子的总分排名又后退了。唉,这就是差距啊!

萌萌去年被评上中学特级教师。一天,我们说到延迟到60岁才能退休的话题,萌萌说:"早知道就不那么辛苦去评高级、特级了,那样能按时退休享福不说,还不用上交护照、通行证,什么时候想出去就出去,多自由!"众人皆笑,萌萌又说:"哎,不是可以高职低聘吗?下次我申请低聘。"我笑道:"萌萌,跟我们几个说这话没事,如果让人家还没评上的人听到,还以为你站着说话不腰疼呢!"萌萌连声说:"就是跟你们说话才这么放松啊!哎,姐妹们,如果平时我说话一不小心伤了你们,千万别和我计较,那都是无意的。"

没错,闺蜜之间说话做事,是最放松的,没有面对旁人时的字斟句酌、思前想后。唯能如此真实,才能成为闺蜜,如若这点小压力都受不住,几次三番下来,便伤了心、淡了情,不做闺蜜成路人,也罢也罢。

辑四　沉淀在时光里，静心细数落花

>>> 去沾染一些人间烟火

周围很多人都随便打发早餐，我则喜欢在早餐上自找麻烦。早上都不吃好，这生活还有什么新鲜劲头？

每天，为了这早点，我是费尽心思。光是鸡蛋，就有荷包蛋、白水蛋、茶叶蛋、卤蛋；面包、蛋糕是换着地方买，打听到哪里有好吃的就跑去买回来；包子也是牛肉、猪肉、素菜各种馅儿地变着花样买；馒头呢，有刀切的、手工的，还有白面的、荞麦的、玉米面的区别。此外，饺子、馄饨更是各种花样，炒米粉、清汤米粉也是花样繁多。喝的东西呢，牛奶、豆浆、米酒、八宝粥、银耳汤，诸多品种。

6点起床，快步到厨房，顺手开了饮水机，又开了冰箱，拿鸡蛋、葱花，今天要做鸡蛋煎饼。电饭煲里的八宝粥已经浓稠甜香，拔掉插头，揭开锅盖凉着，再放几颗冰糖，等儿子起床，温度就正好适中了。

和面，打鸡蛋，搅拌，白面粉一会儿就变成了暖暖的黄色，撒进一些葱花，颜色就十分悦目了。锅是必须洗干净的，不然会粘锅。煎饼需要耐心，得倒进锅里不多不少的油，油多了面液不等散开就会凝固，油少了煎饼又会煳，等油烧到微热，倒进适量的面液，然后一只手端着锅旋转，让面液均匀摊开，等面液凝固成薄薄的一层之后，翻面，再煎，等饼在锅里能够自由滑动的时候，就可以起锅了。

有朋友说，现在有钱到哪里买不到早点吃，何必累到自己。她却不知道，很多时候，费些心思，是大不一样的。早餐就像是一个开场白，我希望它能丰富多彩，兴致勃勃，生活才能更多些滋味吧。

我能下一手上好的白水面，一碗白水面也是大有文章可做的。我放了自做的虾籽酱油（还是江苏朋友送的河虾籽，朋友告诉我把虾籽放进酱油里，味道会更鲜），香醋香油和小白菜，卤蛋一个，花生米几颗，牛肉几片，再配上牛奶一杯。儿子吃得十分享受，逢人就说白水面好吃，哪知他妈下的面是花了多少心思的。当然，面还可变出更多新鲜花样，碰上卖土鸡的，买一只，文火细细地煨了汤，正好给儿子做鸡汤面，又好吃又有营养。再吃腻了，煮鸡汤馄饨也很好。

有几个相投的朋友，都是这样的居家女人，每天变着花样做早餐，每当黔驴技穷的时候，就会互相取经、交流。比如用电饭煲煮粥的方法，就是交流来的。早上起来临时煮粥，时间会来不及，如果用高压锅，煮出来的粥却又不好吃。那天，朋友美告诉我，晚上临睡之前，把米放进电饭煲，倒进适量的水，等烧开以后，不拔插头，只把煮饭按钮揿起,等到第二天早上,一锅香稠的粥就煮好了。

有一天,实在是想不出来做什么好了,忽然看见路上卖湖南米粉的小店,于是灵机一动,进了店子,想买些店家的生米粉。可是那漂亮的老板娘居然说不卖生的,半天也说不动她,只好懊丧地离开。走了一段,想想还是不对,我现在放弃了,明天早餐怎么办?再次进店,好话说了一大堆啊,终于说动了老板娘。拎着白白的米粉出来,乐得我直哼小曲儿。

一次,逛超市,发现了一种速食热干面,标明非油炸,买回几袋试了,味道还真的不错。当天一早端上桌,满屋子都是浓浓的芝麻酱香,让人垂涎欲滴。

一天下班,不往家走,直往街上奔,同事问:"现在还去逛街?"我笑着说:"去买早点啊!"他们大笑:"晚餐还没吃就准备早点?"呵呵,他们不知道,对于我来说,每天的丰富营养的早点,才是最重要的事情。

有人说,你身上怎么越来越多平常女人味儿了,过去你多脱俗啊!我笑笑,其实,已经不太喜欢脱俗这个词了。活在世间,沾染人间烟火,还是不脱俗的好。日子是凡俗的,人也是凡俗的,只有心,可以在天上飞。要知道,生活的滋味是自己调出来的。

>>> 做一个懒得从容的主妇

女友小雪是居家好主妇,家里总是窗明几净,茶暖饭香。

一天,小雪告诉我:"我新买了两个小砂锅。"问她买这玩意儿做什么,她说:"不想做饭的时候,就一人一个砂锅饭,焖点米饭,炒点简单的菜,往饭上一浇,或者煮碗砂锅面,主食青菜都有了,最主要的是,不会左一个碗右一个碟,洗起来烦人。"我惊诧勤快的她也会有如此懒惰的时候,她笑着说:"这叫休息,你记得一休说的吗?休息,休息一会儿。好女人,要让自己懒一点儿啊!"

记得她家先生是很讲究的,老婆偷懒,他不会有意见吗?小雪很得意:"没有啊!开始我也担心他,结果,他居然很喜欢这种简单,还说我也不是天天懒,偶尔懒一次,正好满足他疼我的心愿。"仔细一了解,小雪的确是"懒"了,但"偷"出来的时间,她还陪着对钓鱼上瘾的先生四处奔走,垂钓郊野呢!

辑四 沉淀在时光里，静心细数落花

前段时间，小雪先生出差，她一人在家。周六下午四点多，我打电话给小雪，她让我猜她在哪里，最后告诉我说，她在床上。这家伙，居然在床上窝了一天，连简单的早餐中饭都端到床上，边看电视边吃。我说她堕落，她居然得意地说："堕落的感觉真不错，老公不在家，给自己放放假嘛！"

小雪的惬意，也给了我最好的启发。毫不谦虚地说，我是一个标准的居家好主妇，连看电视都不会坐着不动，总是手里拿一块抹布，这里擦擦，那里抹抹，要么就是扫把拖把不离手，容不得有一点儿不干净。对家里的一老一小两个男子汉也要求很高，换下的内裤、袜子一定要立刻手洗，刷牙的杯子不能有半点污垢……儿子曾经抗议："老妈，我们家又不是宾馆。"他爹也迅疾赞同："就是就是，家嘛，舒服自在就好。"为此，我常常感慨自己吃力不讨好。

如今，终于找到了解放自己也解放他人的良方——要学会偷懒，学会爱自己。

一天，先生说："老婆，你现在比原来懒一些了。"大概女人都是不愿意别人说自己懒的吧，我立刻像刺猬一样竖起刺来："我怎么懒了？我再懒也比你勤快！"先生哈哈笑起来："你急什么，我又没说错，你去看看脏衣桶里有多少双袜子没洗了。"我走过去一看，心里有点发虚："我准备吃完饭来洗的。"然后，打开洗衣机，开始洗袜子。先生说："就是洗，你也还是懒啊，你原来都是一换下来就洗，用手搓。"他不说手的话题还好，一说，就被我抓到了把柄借题发挥："你看看我的手,都是给你们搓袜子搓成这样了,一双家庭主妇的粗手啊!"先生连声说:"开个玩笑,那么当真,没说机洗不好,我同意机洗,你学会做个懒老婆,我才懒得心安理得嘛!"

学会了"偷懒"后,我感觉空闲时间一下子多了许多,也没有了过去那种累死累活的"苦大仇深"感。多出来的时间,我可以陪先生打球,看看儿子推荐的电影,有时还能陪母亲下下跳棋,轻松悠闲,再也没有"衣服还没洗""地板还没拖"的压力,完全能够静下心来享受生活,做一个从容的女人。

关于宅家懒主妇的事儿,我听说的最有趣的故事是闺蜜婧儿夫妻俩的。

婧儿夫妻是同进同出的模范。同出,婧儿陪老公跋山涉水,写生会友;同进,婧儿陪老公宅家静养,作画喝酒。婧儿是标准好老婆、好主妇,可这并不妨碍她偶尔发一下懒。婧儿说:"那几天,他在家画画,我实在不想做事,就看他画画,不拖地,也不擦桌子,结果有一天,我看到电视机屏幕上写了两个字——婧猪。那是我老公用手指头在灰尘上抹出来的,我当时就笑晕了,在下面写上'李猪'。"婧儿一边讲一边笑,我也笑得不行,她老公姓李,这不就是两头猪进了一家了吗?谁知婧儿接着说:"第二天我姐姐到我家来,看到这几个字,笑得直不起腰,然后动动手指头,把这几个字变成了'婧猪+李猪=两头懒猪'。"

我笑得眼泪都出来了,等我停下来,婧儿又说:"我觉得吧,只

辑四　沉淀在时光里，静心细数落花

要自己不觉得过不去，偶尔偷偷懒，也不错，对吧？"我连声赞同："对对对，就是这个道理。"

纵观周围，大多数女人为人妻为人母后，骨子里大抵都会透出超强的责任感，似乎一旦与"懒"沾上边，就与贤妻良母的形象相去甚远。于是乎，女人们总是把自己埋在永远也做不完的家务里。

一次，说到做家务的话题，我说："家务事可多可少，家里脏一点也没多大关系。"一个男性朋友立刻赞同："这话很对，不要动不动就说要做卫生，其实男人没有那么在乎家里的窗玻璃有没有灰，有时间还不如陪着我们好好玩一玩。"那一刻，在场的好几个女人都瞪大了眼睛："原来，在男人那里，想法和女人完全不一样啊！"

想想婧儿夫妻，偶尔一起做做猪，这日子不是也别有情趣吗？做一个懒得从容的主妇，有何不可呢？

>>> 新好婆婆心经

几个朋友小聚。

刚一落座,文梅就苦着脸说:"哎呀,儿子长大了真是不习惯。"众人忙问原因,文梅说:"你们看啊,儿子小的时候,那么喜欢黏着我,就是上了大学,回来也还喜欢躺在我的腿上,让我给他掏耳朵。可自从谈了女朋友,再也没有过了。真是失落啊!"

阿秋一听,忙不迭地说:"我当初也是这么过来的。原来,儿子和我亲,每次离开家,都会搂搂我的肩,安慰我。自从谈了女朋友,不仅从来不搂我了,有一次我捏一下他的腰,说他长胖了,他都很不喜欢,还把我的手拨开。我把自己关在屋子里大哭了一场。我知道,我的儿子彻底与我脱离了。"

阿秋接着说:"生儿子的,一定要先做好心理准备,到时候肯定也会有这个过程。我们都是新一代婆婆,想明白这个问题,才能处理好关系,不然,让儿子做夹心饼干,我们也心疼啊!"

阿秋和媳妇相处融洽,是我们公认的好婆婆。那天,她滔滔不绝地向我们讲述了当好婆婆的理论和经验——

一、不和媳妇抢儿子

大凡做婆婆的,心里都会有这样的想法:是媳妇抢走了我儿子,而且生儿子和生女儿不一样,女儿就是嫁人了,做妈妈了,她还是会和妈妈亲,甚至会更亲,儿子就不同,娶了媳妇,会更顾忌媳妇的情绪。

因此,做婆婆的要转变观念,不要认为是媳妇抢走儿子,要觉得是多了一个人爱儿子,照顾儿子。爱着同一个男人的女人,不应该成为天敌,而应该成为同盟军。我要求儿子,媳妇在家的时候,绝对不要和我悄声说话,也不要撇下媳妇来陪我。这样做是为了照顾媳妇的感受,你想啊,我们母子说悄悄话,媳妇在旁边看到怎么可能好受呢?将心比心,就很容易想通做到了。万一有什么需要单独和儿子交流,我会选媳妇不在家的时候,或者给儿子发短信。有血缘和没血缘是有很大区别的,这是不能否认的事实,所以,做婆婆要尽量避免可能产生误会的情况发生。

二、好人留给媳妇做

我在儿子家带孙女的时候,有一次,儿子单位发了购物券,他一回家就乐呵呵拿给我,我没有接,而是让他拿给儿媳妇。儿子说拿给媳妇也是给我,我说不一样。他拿给媳妇,是理所应当,至少媳妇在心里会觉得儿子和她是一家人,对他们的感情深化会起促进作用。如果媳妇懂事，知道我为他们操持家务，肯定会再拿给我，如果不拿给我，也很正常，我也不会计较。后来，媳妇果然拿了券给我，这不是皆大欢喜？

三、不做儿子家的主

很多婆婆觉得，儿子是我的，儿子的家也是我的家，有什么不能做主的呢？这种观点恰恰错了。在你家，你是女主人，你可以做主，在儿子家，媳妇是女主人，你怎么能夺权呢？只要到儿子家，我绝对以媳妇意见为主，即便是有什么想法，也只是提建议，不强求。连每天要吃什么菜，我也问媳妇，刚开始，她还安排，后来，就全部交给我做了。媳妇的心也是肉长的，你这么做，她肯定会感受到，有什么事情，她也会主动来征求你的意见。比如孙女出生后，媳妇把取名的重任交给我，我推辞，她就说做奶奶的给孙女取名，天经地义。后来，孙女的名字果然就依了我的，小名呢，是儿子媳妇取的。

四、带孙子的事听媳妇的

不少婆婆认为，我的孩子都是我一手带大的，带孙子有什么不行？可时代不同了，带孩子的方法也变了，如今的妈妈，讲究科学育儿，观念完全不一样。我家媳妇，就是按照育儿书上的要求带孩子，我从来不说什么，如今孙女一岁了，可爱得不得了，谁说年轻人没经验？现在学习的方式太多了，放手让他们做就是。

最后，阿秋开玩笑说她是摸着石头过河，还会陆续向我们传授经验，把我们培训成准好婆婆。我也相信，将来如果我也能如此这般将心比心的话，不愁换不回一个好媳妇。

>>> 不过是把岁月过成了生活

我看着屏幕上的黄小厨，胖胖的脸上挂着淡淡的微笑，微微发福的身上系着围裙，有招有式地讲着自家私房菜，画面中热气蒸腾，是满满的人间烟火味道。

这不是我印象里的黄磊，他应该是《人间四月天》里玉树临风的徐志摩，是《橘子红了》里为爱痛苦的容耀辉，至少也应该是《四世同堂》中沉稳儒雅的祁瑞宣，《夜半歌声》中忧郁的陈天逸……

他如此真实如此平庸的模样，却又透着如此体贴如此浪漫的气息。

黄磊在2014年出版的《我的肩膀，她们的翅膀》一书里说："家庭是一门艺术，我要使之分外精彩。"他热爱工作，热爱家人和朋友，热爱美食，认为美食最能让人感觉活得质地丰满、滋味美妙，并将爱好升华，创立了自己的品牌"黄小厨noob"——类似生活助手的项目，真正践行了参加《爸爸去哪儿》第二季时大家对他的印象总结："不会演戏的厨子不是好老师。"

黄磊2016年出版的新书叫《黄小厨的美好日常》。看到这书名，我会心一笑，一路走到现在，慢慢明白，谁的一生不是由一个个小日子、一件件小日常组成的呢？

女友小语曾经是个十指不沾阳春水的公主，婚后也从来不近庖厨，结婚多年，如果丈夫出差不在家，她就只能和孩子叫外卖或者自己做黄瓜炒火腿肠。可两年前我发现，她的朋友圈成了她演练厨艺的展示平台。在大家的点赞喝彩声中，她从厨房菜鸟一步步变身为厨艺大咖。

我尤其喜欢她的早餐，既讲究营养全面均衡，也注意了食物色彩搭配和谐，甚至连餐具都会随食物的不同而变化。我笑她早上时间紧张竟然还有闲心弄这些小情调，她哈哈笑着说："为了家人，辛苦一点也值得。再说，头天晚上都想好并准备好了，不过是早起一会儿而已。"她居然还把那句被人用滥的诗改头换面发到朋友圈：生活不只有诗意和情怀，还要有烟火气和家的味道。

人到中年，小语真正走进了生活。

悟出生活真谛的还有飘飘。

飘飘是家里的独生女，她父亲中年得女，对她宠爱有加。飘飘也是个好女儿，读书时一直都是学校的人尖儿，研究生毕业后顺利进入一所高校任教。做教师的最大福利就是有寒暑假，这让爱旅游的飘飘真是如鱼得水。每逢假期，她几乎都在旅行的路上，不是独自出游，就是呼朋唤友自由行，好不悠哉！

今年暑假，飘飘的旅行换了方式——与父母同游。在朋友们的赞扬声中，飘飘有些不好意思："以前我只想过自己想过的日子，却忘记了身后的父母。不是说陪伴是最长情的告白吗？老爸老妈年纪都大了，能陪我的时间越来越少，我当然要尽可能找时间多陪他们。以后的每个假期，除了和朋友出游，我都会安排一次与父母的旅行，让他们和我一起周游世界。"

我觉得变化最大的是静文。之前，她是一个心高气傲、追求完美的女子，无论生活还是工作，都苛求完美，对别人要求高，对自己更是严苛。其实静文待人也不错，但身边的人对她总是敬而远之，觉得她过于高冷，难以接近。

人到中年以后，朋友们都发现了静文的细微变化。她越来越能包容，越来越能体谅，脸上的表情也越来越柔和，整个人的气场发生了翻天覆地的变化。原来，静文常反思自己的过去。如今，她总说人生就是这样，不经历不能懂得，要想自己的生活快乐幸福，不仅要得饶人处且饶人，还要善于得饶己处且饶己。

突然想起一件小事。

当年，从来不谙家务的我初为人妻为人母，疲于应对生活琐事，焦虑憔悴。一日，买菜回家，偶遇一大学同学。看着提着一兜菜的我，他满脸惊讶，半晌说出一句话："你原来多雅致多有书卷气啊,现在怎么都是烟火气了!"有如冷水当头泼下,我顿生无地自容之感。

如今,我已经既能为有书卷气骄傲,也可以为拥有烟火气自豪。再想想当年的自己,不禁觉得可笑。

就这样与岁月握手言和?当初的自己心中难免隐隐有几丝无奈、几许不甘,那不是我想要的。不过,如今的我心里却只剩下淡然了,我只希望我的一辈子,不过是把岁月过成了生活。

辑五
看透生活本质,就从现在开始

>>> 当蛋糕吃

有同学从外地回来,约了几位老师和同学小聚,期间我又见到了美丽的郭老师。大学时,她教我们先秦文学,如今年过七旬的她,依然优雅文静。

郭老师出身书香门第,是一位大家闺秀,举手投足都满透着书卷气。教我们时,她不过五十岁吧,那份从容淡定、不急不躁的气质,让我们这些刚跨进大学门槛的孩子仰慕不已。

一次,一个调皮的男生因为不愿背诵《离骚》,很有些理直气壮地发问:"我们以后不过是做中学老师的,背这个有什么用?"郭老师看着他,面带微笑,轻轻地说:"可以当蛋糕吃。"老师的声调很低,全班同学却都听到了,教室里立刻安静下来,好像怕任何一点儿声响会破坏了这种神圣和高雅。

毕业之后,同学们都在为生计奔波劳碌,不知还有多少人能保有这份闲心与闲情。但时隔多年,我们都记得那一幕,记得那句"可以当蛋糕吃",记得老师说这话时那宁静的眼神。是老师让我们懂得,再至高的精神财富,也是无法以有用或无用为标准来衡量的。

说起老师退休之后专心研习书法,如今一手好字在圈子里已颇有名气,老师笑笑,道:"别说那些虚名,我就是喜欢做点闲事,养养闲心。"有女同学说:"难怪老师一直如此优雅迷人,原来保养秘诀就是这份闲情逸致啊!"

也许是受老师影响,又可能是生性散淡,我总是喜欢读些闲书,写点闲文,做点闲事。日前,网购了十来本书,拆包装的时候,有同事说:"怎么都是些闲书,没一本有用的?"我呵呵笑着不说话,脑子里却在用老师的那句话回答他:"可以当蛋糕吃。"

晴好的冬日午后,阳台上太阳正好,坐在藤椅上,搭一床小毛毯,看看楼下风景,打打瞌睡。休息好了,一本书、一杯咖啡、几块小点心,那是阳光下的私家下午茶。晚上早早上床,窝在被窝里看书。书,三三两两堆在床头,随手拿起哪本就读哪本,自然又随意。

闲来,也写点散淡的小文,自娱自乐之外,有兴趣的时候也投稿,偶尔挣点碎银子,便是对自己最好的奖励。也有人说我太有闲心,都是些没用的文字,既评不了职称,又涨不了工资。可惜他们不知道,一份闲心几许闲情,也是可以当蛋糕吃的。

有个朋友,爱读书,我常说他是真正的读书人。他几乎从来不晒书单,不说自己读了什么书,但却每周都会读二十万字以上,涉猎面极广。最让我佩服的,是他每年都会用小楷抄写一遍《论语》。我总觉得,他拥有的蛋糕,比我们很多人的更美味。

看到一个视频,星云大师微笑着说,禅是一朵花,可以把人装点得更美丽。书同样是一朵花,多读点闲书,做点闲事,多做心灵按摩,让自己常怀一份闲适之心,静看岁月流逝,这样的日子,也就多了一些"兴阑啼鸟换,坐久落花多"的宁静和闲适,自有一番别样的情趣。

>>> 生活品质是个骗局

闺蜜小艾是个讲究生活品质的女人。只要知道有热门厨具、新鲜用品,她立刻就会搜罗入手。她说:"虽然不是大富大贵之人,但保证生活品质的能力还是有的。"

小艾家里买过洗碗机,当时她以为可以把自己的双手从油腻中解放出来,也着实高兴了一段时间,可后来她发现,机器毕竟是机器,对于一个三口之家来说,不多的几个碗碟,还用洗碗机,真有点杀鸡用牛刀的感觉。再说,这本该手工操作的程序,还是亲自动手效果更好。于是,小艾的洗碗机成了一个摆设。小艾还买过切菜机,说切出来的菜整齐好看,色香味形中的"形"有了最好保证。可吃来吃去,她发现,色香味更重要,自家老式的白铁刀切出来的菜能最大限度保留菜的本味,用原生态的材料做出来的菜才最好吃。

一天,小艾告诉我她新买了豆芽机,而且满脸惊喜:"生出来的豆芽真漂亮啊，味道也好，最重要的是安全放心。"她家先生也连声说的确是好吃，天天吃都吃不腻。不久后的一天，小艾还专门带了点漂亮的豆芽给我，说是让我欣赏。嗯，还别说，真是很漂亮，是一种自然的好看，让人忍不住要赞叹。欣赏过后，我不禁有些心动。另一个朋友小眉问："豆芽机什么样？"小艾说："要说也不复杂，就是有个自动浇水的装置，可以保证湿度。"小眉满是不解："哎呀，这还要买？"

不几天，小眉告诉我们说她的豆芽长得无比好。问怎么弄的，小眉说："很简单，将泡好的绿豆盖上一条湿巾，隔几小时浇点水，三天就有纯天然的豆芽吃了。"小艾一脸懊丧："我的豆芽机被你说得没有一点儿技术含量了。"小眉得意地说："本来就没有，多简单的事情啊，还用得上专门买个机器？"

小眉确实肯钻研好琢磨，当年我家买了个酸奶机，我将各式酸奶一一做了尝试。她知道后，摸索着用电饭锅做成了酸奶，丝毫不比酸奶机做出来的差，然后"不屑"地说："什么酸奶机，不就是保持恒定温度好发酵嘛！"倒是我这正牌的酸奶机用过一段时间，因为不甜不香，太浓稠，孩子不爱吃，也就搁置在一旁了。小眉知道后说："我就说嘛，买那些机器有什么用，最后都成了摆设。"

我家榨汁机刚买回来的时候，我的兴致很高，每天都打芝麻粉、核桃粉，还榨各种果汁，孩子有吃有喝，乐得不行。恍然间，我感觉自己摇身一变成了一个全能老妈、多功能老婆，成就感瞬间爆棚。可是——凡事就怕这个可是——没过几天，三分钟热度过后，热情慢慢降温，直至最后归于零。孩子也曾提醒、抗议，但在我动之以情晓之以理后，终于偃旗息鼓，我也终于堂而皇之停止了这个给自己找麻烦的好事。可怜榨汁机被束之高阁，只有老爸老妈闲暇的时候，会垂怜于它，给我们打点黑芝麻、核桃粉做早餐。

后来，听说外面卖的豆浆大多没煮透，而且是转基因大豆，喝了对身体不好，而我身为孩子心目中的好妈妈，怎么能任由不良之人损害我孩子的身体呢，于是便买了豆浆机，发狠要每天给孩子打豆浆。这个愿景是很好的：我可以变着方式做各种口味的豆浆，给正在长身体的孩子补充能量，还可以榨果汁做冷饮，春夏秋冬都有用，多划算。

起初，我也是很勤快，每天晚上临睡前，不再是一心想着伺候自己的脸，而是挖空心思筹备第二天早上的豆浆。泡好黄豆、黑豆、红豆各种豆子或者五谷杂粮，第二天早上起来，第一件事不再是收拾自己，而是直奔厨房，打开豆浆机，等洗漱完毕，热腾腾的豆浆也就成了。看着孩子老公喝得尽兴，我即使蓬头垢面也心满意足。可不久后我就发现，尽管买的是容量最小的豆浆机，还是会显得人少豆浆多，每次爷儿俩即使喝得发撑，还是会剩下不少，而放置时间太久的豆浆，没营养也不好喝了，而且清洗豆浆机太费时间……于是，我名正言顺地让豆浆机成了橱柜里的常住客，很少见天日了。

我家被冷藏的机器还有很多。

孩子说:"机器绞出来的肉馅不香,没味儿,不如老妈你手工剁的好吃。老妈,你还是像原来一样剁肉馅吧!"好了,绞肉机搁置。

生为南方人,了不得煮点面疙瘩,或者买回面皮包点儿馄饨、水饺,最大的工程就是擀一点千层饼,很少有大张旗鼓做面食的时候。好啦,电饼铛搁置。

发明切蛋器这玩意儿的人肯定不上班,而咱上班族一个,没有时间更没有闲心玩精致,一人一个白水蛋,更省事。好吧,切蛋器搁置了。

鞋子烘干器?费时费电烘干,还不如搁窗口风吹来得快……

前几天,碰见小艾夫妻俩,问她家的豆芽机是不是还在发挥作用,她说:"现在改直接喝绿豆汤了。"她丈夫说:"哪怕是山珍海味,天天吃也不是个味儿啊,何况是豆芽菜?"

闻听此言,小眉最是得意:"我要一锅打天下,准备学用电饭锅做蛋糕,接下来学做面包……"

小艾有些不服气,说:"你啊,太老土,就知道电饭锅,现在的新玩意儿多了去了,能提高生活品质的。"小眉不以为然地笑着说:"非要用那些东西才有生活品质?那我宁愿是个粗人,没有生活品质。"小艾道:"和你没有共同语言,不好跟你说。"然后她兴高采烈地对我说:"我看到新出了一种空气炸锅,能做很多种菜,而且炒菜什么的都不用放油,直接用食材本身所含的油脂,特别养生,我准备买一台回来。"小眉竭力反对:"别信那些新鲜玩意儿,都是专骗你们这些人的，要我说啊，你们还是学学我，动动脑筋，土法上马吧，又省地儿还省钱啊！"小艾立马反驳："人家说空气炸锅彻底颠覆了传统的煎炒油炸，创立了健康与美味并存的饮食新主张，引发了无油烹饪厨房的新风潮，厨房无油烟，才有品质啊！"小眉撇撇嘴："就你才相信这话，之前还说微波炉烹饪无油烟呢，做出来的菜好吃不？还不是用一般的锅炒的菜更美味？"

我突然发现，小眉才是那个最聪明的人，她看清了一个事实——生活品质是一个骗局，有些东西，看似能够给你提高生活品质，其实并不适合自己，买回来就变成了废物。而生活品质，很多时候，的确与物质无关。

>>> 每朵云彩里都有雨水

朋友晓薇对自己的婚姻很不满意,常抱怨自己的丈夫只知道在自己想买东西的时候掏钱,自己在家里忙前忙后,丈夫却没有情趣,不会甜言蜜语,也不懂浪漫。

那天见面,她眼里满是哀怨,伤心地说:"上天怎么这么不公,不给我想要的幸福?"我问她:"你想要的幸福是什么样的?"她十分向往地提到我们都熟悉的一个朋友雅文,说:"就是像他们一样,夫妻恩爱和谐,有乐趣。"

晓薇提到的雅文,婚姻生活的确很幸福,夫妻同进同出,家里整天都有笑声。我也曾经表示过对他们婚姻的羡慕,可是,我不会忘记,雅文曾告诉我,他们夫妻也有过争吵,甚至也曾闹到好几天不说话,后来两个人才慢慢地度过磨合期。只是,他们都是面子薄的人,不愿拿这些示人。雅文说,这个世界上有谁的生活不是一地鸡毛呢?苦乐自知而已。

雅文的话很在理,其实,再美满的婚姻也会有缺憾,我有的幸福你不曾有，但我经历过的苦恼你又何曾看到？

闺蜜小樱在外企工作，月薪五位数。出差出游更是家常便饭，朋友圈里，小樱不是在爱琴海边，就是在伦敦街头，要不就是在国内某个城市。小樱这飞来飞去的生活，引得我艳羡不已，只恨自己此生没有能力，过上如小樱这样美好的生活。

一天傍晚，我在微信里面晒做好的晚餐——一荤一素一个汤，小樱发来一个难过的表情，说："你们都做好饭了，我还没有下班呢！这周大BOSS来了，整天忙得像陀螺一样，回到家里什么都不想做。明天开始还要出差一周。"我又无比羡慕："出差多好，可以顺便游玩，我一年都难得出一次差。"小樱无可奈何："姐姐，我一天一个城市啊！"

突然想起小樱曾说过的，度假时要惦记着收发邮件，半夜随时可能会接到上司的电话……这下我才明白那句话：付出总是与回报成正比。小樱外企白领光鲜日子的背后，是常人不会了解的辛苦。

朋友雪儿每年寒暑假都要出游，走过很多地方。今年，雪儿去了台湾，又去了云南，还到了长白山天池。拍回来的那些照片，景美人靓，引人艳羡。当初她也曾约我同行，我却因为要陪伴母亲未能成行。那天，当我再一次羡慕她自由自在的时候，她黯然道："我倒愿意像你一样，有老人需要陪伴呢。可如今，我是没有爸爸妈妈的孤儿了。"这句话，让我心中一酸，眼眶发热。

其实，仰望天空，每一朵云彩都有雨水，只是我们不知道，雨会在什么时候落下来。四顾身边，似乎很多人的生活都比我们幸福，只是我们永远看不到，那些光鲜的背面，曾经历过怎样的苦痛。

>>> 浪漫是一种大智慧

一天，看电视上的相亲节目，主持人、观众以及我，都有些小激动，因为相对而立的男女双方，她是他的心动女生，他是她坚持到最后的选择对象。接下来，应该是牵手成功，皆大欢喜。

最后时刻，女孩说："我还想问一个问题。"主持人应允。女孩问："你以后会为我做哪些浪漫的事情？"男嘉宾有些迟疑，回答道："说不好，但今后一定会让你快乐。"女孩一脸失望，犹豫片刻，决绝地说："我放弃。"众人哗然，男嘉宾更是不解。主持人再三劝导，女孩毅然选择了不牵手，她说："他连为我做浪漫的事情都说不好，我怎么会快乐？"男嘉宾满是无奈，独自离开。

众人大概都有些不解，不就是烛光晚餐、海边看日出之类的吗，随口可以说出很多啊，帅气儒雅且来自浪漫之国法国的男嘉宾，怎么会连这些浪漫的事情都说不出呢？

前日，又看一相亲节目，一个女嘉宾谈到对婚后生活的期望，其中一个场景是：他每天早上为我画眉。主持人说："请你婚后一年再回忆你今天说的话，告诉我们你的感想。"主持人睿智而风趣，既顾及了女孩"情感作家"的身份，又点到为止地提醒了所有对生活抱有不切实际幻想的人，生活不是"妆罢低声问夫婿，画眉深浅入时无"的诗意，也不是"从今以后王子和公主幸福地生活在一起"的童话。

认识一个女子，丈夫疼她爱她，照顾得无微不至。可这男人不善言辞，因此她觉得丈夫不懂浪漫，缺少生活情趣。后来，她遇见一个有情趣的男人，会带她去西餐厅，带她去游园，还会每天说甜蜜的情话，她觉得，这才是和自己有共同语言、有生活情调的男人。于是，她坚决离了婚，去追求她的幸福生活。

这个女子对生活的愿景是：愿意做饭，就一起买菜回家，做几个色香味俱全的小菜，二人对饮，不愿意做就去酒店；想去旅游，拿起背包就走，浪迹天涯，而不必顾虑太多；他会每天想着办法让我开心，哄我高兴，而不是只知道我一说要买东西就给我钱……

结果，这个女子之后的日子过得一团糟，偌大的家缺少了过日子的痕迹，竟然有些凄清的感觉。女人终于发现，她所希望的幸福原来只能做餐后甜点。生活，还是要接地气，有烟火味。

不禁想到在法国留学的儿子讲的两件事情。

朋友的女儿到里昂大学交流学习,住在一对法国夫妇家中,这对夫妇都是大学教授,男的学历史,女的学生物。一个周末,儿子去看姐姐,说不知道带点什么小礼物更好,就给房东带了一盒从国内带去的菊花茶。房东夫妇接过礼物,十分高兴,立刻拆开,取了茶具,泡给大家喝。儿子说:"他们好可爱,明明都是教授,还一边问我这是什么花,一边进屋拿了一本厚厚的书出来翻看,翻到菊花,两个人就开心得不得了,还指给我看,告诉我就是这个花。"

儿子还说,他们家是一栋独门小院,孩子都在外地,两个人除了上课、研究,业余时间在后院种了很多花草果木,一年四季都可以有最新鲜的水果蔬菜吃。儿子临走时,夫妇俩很热情地欢迎他再去,还邀请他暑假一起去海边别墅度假。儿子说:"他们真是一对浪漫的老夫妻啊!"

暑假,和儿子乘飞机去上海。下飞机后,走到一个卫生间附近,看到一群外国人,听他们说了几句话后,儿子确定他们是法国人。只听到他们嘻嘻哈哈一阵子,儿子也笑了,他们也对我们笑。只有我茫然不解。儿子笑着告诉我:"刚才一个男人进了卫生间,等半天不出来,他妻子就问他是不是在洗澡,那几个人开玩笑说他在里面约会。"

听完儿子的翻译,我也忍不住笑了。身边是步履匆忙的乘客,大家都着急去领行李。我扭头看那妻子,却见她面带微笑,丝毫不见着急的神情。不多时,男人出来了,笑着拉妻子快步去追赶同伴,妻子俏皮地对我们眨眨眼,挥手告别。

不能不说,还是法国人最懂浪漫。

生活需要诗意,也需要童话,但更需要用一颗诗意的心,让每一个平淡的日子、每一件庸常的琐事,都因为这份诗意,而倍增温馨、快乐和幸福。

>>> 减肥可不是减肉那么简单

减肥减什么？这话问得蹊跷。减肥，减的不是肉是什么？

朋友桃子退休前是形体教师，身材一直一级棒，如今年近六十，依然保持窈窕身形。她对自己体重的监控，可谓时刻不放松，只要体重秤上的数字稍有变化，她就立马加大运动量。她说："我现在不用秤都可以知道是不是长肉了。"问她如何得知，她说："用手捏一下腰部的肉，凭感觉就知道了。"

桃子是我见过的最吃得起苦的减肥者：为了保持身材，她曾经把保鲜膜绑在身上去跑步，说是闷出汗来减得更快。她还买过专门的减肥服，其实也就是那种不透气的面料做的衣服，和绑保鲜膜一个道理。

前日朋友小聚，见到桃子，大家都夸她脸色好。她却说："最近长胖了,要减肥了。"大家齐声说:"减什么啊,这样子很好!"有人佩服她减肥的毅力,有人开玩笑:"桃子,你是不是也有马甲线啊?要不,就是有腰窝,或者A4腰。"桃子笑了:"哈,咱不和年轻人比那些。告诉你们,其实也不是非要减肥不可,我只是觉得,一个女人如果沦落到连自己的身材都不负责了,那才真是老了,老糟了。"再看看桃子挺拔的身姿,大家不禁感慨,在桃子身上,真是体现了无龄化时代的特征啊!桃子减掉的,分明不是赘肉。

记得数年前,曾和朋友讨论过院子里的一个女人。那女人比我们稍许年长几岁,出身农家,但颇有几分姿色。后来女人嫁给了一老干部的儿子,被招进单位做了食堂的临时工。大男子主义的丈夫脾气糟糕,却对自己的女人很疼爱。应该是心宽体胖吧,不几年,女人整个人就像她每日里做的老面馒头,日渐绵软蓬松,苗条的身姿不复再见,秀丽的脸庞也膨胀得像个盘子。

一日,大家闲聊,说到那个女人,有人说:"千万要注意,不能变成她那样。"还有人说:"我如果变成那个样子,肯定坚决不出门。"可笑的是,我们这厢为女人甚觉不堪,人家那边却夫妻恩爱,相看不厌。

前些时候再见那个女人,猛然发现她比此前瘦了不少。我们和她开玩笑:"你怎么想起来减肥了?"她说:"我没有想减肥,前段时间他生病住院,孩子不在身边,进进出出都是我一个人忙,自然就瘦了。"我们连说瘦了好,她也说:"我是要减肥了,年纪越来越大,如果哪天我病了,他都抱不动我,可怎么办啊?"停一会儿女人又说,"问题是,如果我太瘦,他如果再生病,我怎么坚持得下来呢?真不知道到底是该减还是不该减啊!"原来女人啊,纠结的不仅仅是那几斤肉。

小榕原来属于燕瘦环肥的"环",白皙细嫩的肌肤是她最让人羡慕的地方。虽然白皙往往是和丰满紧密联系的,但俗话说"一白遮百丑",东方女人对美白不懈追求,大有"路漫漫其修远兮,吾将上下而求索"的精神。所以,她的白,足以给她的姿色加分。她大概也是明白这一点的,时时做足美白功夫,很少户外活动。

之后某天见到小榕,她的玉盘脸已经有了小尖下巴,腰身被衣服掐得紧紧的,这种掐腰衣服,她原来可是从来不穿的。

原来,小榕减肥的动力来自父母。假期,小榕陪父母出游,没想到自己体力竟不如年近七旬的老爸老妈,自此下定决心减肥健身。小榕的一日两餐是这样:早上一根黄瓜,一杯酸奶,中餐食堂解决,晚餐?已经被她删减掉了。原来不大运动的她,现在更是成了一个运动狂。她坚持走路跳绳,每天运动时间超过两小时。如此这般一个月下来,终于有了凹凸有致的身材和白里透红的好脸色。

小榕说:"下次再陪老爸老妈,我绝对没问题。"

看来,减肥,真不仅仅是减掉一点肉那么简单。

对于减肥,有人是为保持好身材以便能以优雅的姿态面对生活,有人根本就是在照顾家人的磋磨中无意插柳成荫,有人却是为了能有更好的精力陪父母走更远的路……减肥,从来就不是减掉赘肉这么简单,对还在胖子界徘徊的你来说,减肥也许能减掉你的好吃懒做也说不定,你说呢?

>>> 让美好的事物更纯粹

周末,阳光透过玻璃窗照在阳台上,花花草草的日影,斑驳陆离,别有一番情致。我一时兴起,拿出手机拍起来,拍着拍着,想有点品位,就搬了藤椅放在花草旁,上面搁一本书一支笔,再拍,果然有格调。忍不住发了朋友圈,自然得到众人的点赞,心里美滋滋的。

切了做泡菜的萝卜片,拖地,擦桌子、柜子,偶尔,腾出手来看看微信上的评论。蓦然瞥见阳光下的藤椅,还有那本孤独的书,突然就觉得惭愧。从拿出它到现在,我忙着家务,除了拍照,却不曾翻开过一页。书,成了我显示品位的道具。

曾经批评过一个朋友,从来不做饭,偶尔做一次,就各个角度拍照,发朋友圈。我还说:"真正做饭的人,不会拍照发朋友圈。"当时,我是那么理直气壮。此刻,我成了那个被我自己批评的人。想起被我称为"真正读书人"的一个朋友,每日读书抄书,乐此不疲,却从来不曾在人前炫耀。他总说读书是很私人的事情,而且读书是习惯,不是爱好。是的,习惯,像呼吸一样自然、纯粹,有谁炫耀自己会呼吸呢?

曾和一个熟识的编辑谈到写文的话题。她的观点是,如果写字是因为喜欢,那就不要纠结太多,想写就写,能发表就当是对自己的奖励。她始终都写自己熟悉的、擅长的,从来不为适应某家报刊改变自己的风格,当然,她的坚持有了最好的结果,编辑约稿接踵而至,文章被四处转载,书一本接一本地出。她却还是那样,不关心是否发表,是否有转载,她写,只是因为喜欢,想写。

那年去厦门,团队的客车司机是一个中年妇女,寡言少语。每到一处景点,我们都蜂拥下车,参观拍照,她却是稳坐不动的。她左手边的车门被改造过,上面有一个简陋的茶台、一个保温杯、一个小紫砂茶壶、几个小茶杯,却丝毫不影响她停车就品茶的兴致。我主动找她闲聊,说到喝茶,她的话匣子就打开了,再喝她一杯茶,夸她茶好,她更是哈哈笑着一脸陶醉,我就觉得她是一个真正爱茶的雅人。

杨葵在书中谈到雅和俗,他说:"如果非要在雅和俗之间画一条界线,我个人觉得这条界线应是用心如何,不得已而雅便是真雅,雀跃求雅便是真俗。"阳光下读书是有品位的,谁能说做泡菜就没有品位?土黄色的泡菜坛,揭盖就有酸酸的气味扑鼻,已经熟透的泡水,微微泛着粉色的光,浸着那些切开晾干的萝卜片,红红白白,悦目赏心,看着都能让人口舌生津。不过一周,这些萝卜片们就出坛了,装

不妨从容过生活

一些给朋友，留一些，或切碎丁加白糖炒过，这碟开胃小菜，曾是父亲最爱的，切丝炒酸辣魔芋豆腐，那是闺蜜们最好的一口……不记得谁说过，生活不是一帘风月，半阕清词；不是素衣棉麻，就有出尘之美；也不是非得要家近青山，门垂松柏，才有云水之志。

有个微信公众号"为你读诗"，每晚十点推送一首诗，粉丝不少。每次点开视频，会看到一句话：让美好的事物更纯粹。前日，推送了一首于炼的诗：被阳光洗过的云/那白色叫干净/被雨洗过的空气/那味道叫干净/被微风洗过的湖面/那波动叫干净/被春潮洗过的原野/那绿色叫干净/被美梦洗过的青春/那冲动叫干净/被泪水洗过的感动/那酸涩叫干净/被真爱洗过的夜晚/那诱惑叫干净/被你目光洗过的我/那颗心叫干净/被圣洁洗过的坚定/那信仰叫干净。

我想加上一句：被纯粹洗过的事物，那美好叫干净。

>>> 喝再多的鸡汤，也长不出翅膀

关于"心灵鸡汤"一词，我不十分清楚它的明确定义，求助"度娘"，找到这样的解释："心灵鸡汤"，就是"充满知识、智慧和感情的话语"，柔软、温暖，充满正能量。"心灵鸡汤"是一种安慰剂，可以怡情，作阅读快餐；亦可移情，挫折、抑郁时，疗效直逼"打鸡血"。

这是很正能量的释义。可是作为一个吃过很多盐、走过很多桥的中年人，对所谓心灵鸡汤文，我个人是不十分感冒的，那些看似华美、有哲理有刺激性的词句，大多初读让人眼前一亮，心中有暗潮涌动，过后却似烟花过目即忘，不合我的胃口，一般不看，即便看，也是一目十行。当然，我也知道，那些货真价实的"鸡汤"对需要努力拼搏的学生、涉世未深的年轻人，的确能产生一时的刺激作用，说不定也会帮助某个年轻人，令其奋斗直至成功。但朋友圈里众多热心

转发者，是不是每个人都去认真读过、想过，并照着去做过，着实让人存疑。

有个微信朋友，是"鸡汤"的忠实拥趸，几乎隔几天就会转发一篇"鸡汤"，不是教你怎样做个优雅女人，就是劝你过有格调的生活，要不就是告诉你如何懂得感恩，如何励志奋斗……再隔几天，又发一个自己参加某些高大上活动的照片和感悟，似乎是为了用来印证，"鸡汤"给予她的营养效果。

但是，对实际效果，我很有些疑惑。因为我知道她的日子并没有像"鸡汤"里描绘的那样生动有趣，甚至有些糟糕：她的厨房，几乎从来不开火；她家里的柜子桌面，落满灰尘；因为喝"鸡汤"太多，她家装修都呈现百家混搭风……不了解的人一定不会知道，她其实更热衷纸上谈兵，发帖得赞。

有一天，她又发了几张现场喝"鸡汤"的照片，活动主题是做一个内心优雅的女人之类，还附了讲座内容，并特意提醒我阅读。活动主题不错，主讲人的气质也不错，但看来看去，就是觉得别扭。照片中有一张拍的是听众席，第一排坐着一个十分富态的"太太"，妆容精致，服饰华贵，可那二郎腿跷得差点露底裤了，这个微信朋友，也是不太雅观的坐姿。我很奇怪她为何会发出这么一张照片来，我私下猜度，主持人断不会提供只要她们内心优雅而不必注意举止优雅的"鸡汤"……

有个朋友在朋友圈转发了一个关于内心修炼的帖子，点赞者众多。其中一条评论是:"我也是醉了。喝再多鸡汤,也长不出翅膀!"这评论,幽默风趣,却一语中的。很多时候,我们太过依赖这些别人烹制的"鸡汤",而忽略了自己动脑筋思考的过程,因此收效甚微。

这个评论者也发表过对励志"鸡汤"的看法:"你觉得,志可以励出来吗?"虽然全盘否定"鸡汤"的营养,稍微偏激,有失公允,但其实也是很有深意。他应该是现如今出现的"反心灵鸡汤"一派。

曾经,我在写感悟文的时候,很喜欢把自己悟到的、自以为很有意义很有用处的道理说得很满很实,不留一点儿空间。后来被朋友批评:"你为什么要把读者当傻瓜?"说得我羞惭不已,也终于明白,写文如画画,要懂得留白,让人自己想、自己悟。

突然想起一句众人耳熟能详的古诗——纸上得来终觉浅,绝知此事要躬行。用这句话来作为应对"鸡汤"的原则,似乎不错。

那么,身为人,身为女人,面对扑面而来、无孔不入的"心灵鸡汤",是不是要变得聪明一些,不要来者不拒呢?即使真的喝了,即使真的相信了,即使真的想要以之为标准改变自己,是不是也要以身试之呢?动动手指转发,却并不真心领悟,只会浪费自己的时间而已,得不偿失,何必呢?

>>> 从取信于己开始

一天，学生小钰到我办公室来，告诉我说她刚考过了银行从业资格证，如果可能，暑假就在老家那边上岗实习了。替她高兴的同时，我清楚地知道，小钰有这样的成绩是一种必然，她的成功与她自己的努力是分不开的。

招考校报编辑面试的时候，我就发现小钰是一个做事特别认真踏实的女孩。做编辑之后，我作为主编每次安排的事情，她都能不打折扣甚至是超额完成，她还经常主动找我谈自己办报的感想和建议。每周例会，她也是最认真的一个，每一项工作，她都记录在笔记本上。那个笔记本，我看过，很特别。除了一些日常生活记录，小钰还自己设计了实用的月历，每天要做的事情都记录在对应日期下面的空格里。她的时间表安排得满满的。她说，这样可以帮助自己记事，也可以督促自己去完成。

小钰说其实她过去并不擅长写作，起初她父亲都不相信她能进编辑部。小钰说："爸爸不相信我能做好，我说我能行。我对爸爸说，我一定会做出成绩给他看。老师，您不知道，自从进了编辑部，我就告诉自己要努力。我看了很多书，也看各种类型的书，每天除了上课就是看书，然后就是写，您布置的每周一篇文章，我都会完成，后来有些同学放弃了，我也还是坚持下来了，我想，说到就一定要做到。"

小钰用行动证明了自己能行——她采写的一篇通讯获得了全省高校校报好新闻二等奖，还在院报发表了不少散文、随笔。

小钰告诉我，她有一个表姐，在北京的一所重点大学毕业后，考进了国家机关，但她不安于现状，后来又考取了美国的一所大学的金融专业读研究生，毕业后进入一家证券公司工作，月薪不菲。小钰说："机缘巧合，我只考取了高职，所以每次和表姐一比，我就觉得惭愧不已。不过，我把表姐当自己的榜样，我一定会拼命追赶，相信自己一定不会落后太远。而且，我对我爸妈说过，我要给他们一个幸福的晚年。"

除了银行从业资格证，小钰还拿到了会计从业资格证、普通话等级证、计算机等级证、英语四级证书。同学们开玩笑说："小钰，你简直是架考试机器。"小钰却说："其实很简单，决定—努力—成功，三部曲罢了。"

她还告诉我，她觉得，她的同龄人缺少恒心，缺少耐心，所以很多人做事半途而废，这样下去一辈子都会一事无成。"但是我不会！"小钰坚定地说，"我有明确的目标，而且一旦确定了目标，我就一定要努力达到，不然，就是对自己言而无信。"

是的，我们常说要做一个守信之人，要取信于人，却几乎从来不说取信于己。我们似乎总有很多理由，来做自己懒惰和放弃的借口，也总是可以心安理得地安慰自己还有下一次，却不知在一次次懈怠的时候，我们也丢失了对自己的诚信。

千百年来，诚信被人们视为中华民族的行为规范和道德准则，但大家往往更多地倾向于取信于他人。可是，一个对自己都不守信用的人，又怎么可能很好地做到取信于人呢？

遵守承诺，言行一致，对他人如此，对自己，也应如此。

辑六
俗世喧嚣琐碎，遇见你刚刚好

>>> 不完美，才真实

几个朋友小聚，一见面就各自慨叹起来，这个说："我又长肉了，小蛮腰离我越来越远！"那个说："你哪有肉啊，你看我，都快有游泳圈了！"一个又说："哎呀，我倒是没长肉，可脸上的斑却是越来越多啊！"其实，说长肉的，胖瘦适中刚刚好；说长斑的，也就是隐隐约约一点点而已。女人大多这样，终其一生，追求一份梦想中的完美。

完美真有那么重要吗？

3D版《泰坦尼克号》的上映，曾在全球再次卷起一股"大船"浪潮。人们记忆犹新，1997年那部风靡全球的旷世巨片《泰坦尼克号》让露丝——凯特·温斯莱特一夜成为国际瞩目的明星，达到其演艺生涯的巅峰。

但纵观温斯莱特的获奖之路，你会发现，她的从影历程在2009年以前应该算是不完美的。大概很少有人知道,她曾五度入围奥斯卡提名,却五次与小金人擦肩而过。

可是,温斯莱特依然深爱她从事的事业。她说,当你出自热爱去做一件事情的时候,你就会竭尽全力。

2009年,34岁的凯特·温斯莱特凭借在《革命之路》和《生死朗读》中的精彩演出,包揽了第66届金球奖最佳剧情片女主角和女配角两项大奖,成为电影史上最年轻的金球奖双料影后,紧接着,她又凭借《生死朗读》斩获第81届奥斯卡最佳女主角奖,捧得影后小金人。

温斯莱特的婚姻也是不完美的,她有过一段失败的婚姻。1998年,23岁的温斯莱特嫁给《北非情人》的助理导演吉姆·特瑞阿莱顿,两年后生下女儿米娅,但是,仅仅过了一年两个月,二人的婚姻就走到了尽头,2001年12月,正式离婚。两个月后,温斯莱特遇见了奥斯卡最佳影片《美国丽人》的导演萨姆·门德斯,二人一见钟情,两年之内结婚,生下儿子乔。但维系七年的婚姻,却还是于2010年以两人宣布离婚告终。2012年12月,凯特迎来第三段婚姻,并与男友奈德·洛肯罗在第二年有了属于他们的爱情结晶。尽管婚姻一波三折,现在,依旧美丽的温斯莱特仍旧过着幸福而温暖的生活。2016年1月11日,更是凭借《史蒂夫·乔布斯》获得第73届金球奖最佳女配角奖。这精彩的生活,是她自己拼命争取的。温斯莱特自己也说过,"婚姻是需要经营的。最好的东西总是需要争取才能拥有的。"

很多观众对1997版《泰坦尼克号》中露丝过于丰满的身体记忆深

刻。在追求骨感美的年代，温斯莱特的身材曾经为某些人所诟病，可是，温斯莱特很自信，她说："对一般的女人来说，我的体重是振奋人心的。"

温斯莱特始终追求最真实的生活，因为，真实不仅是美德，更是魅力的源泉。她说自己永远不会去做整形手术，不会注射肉毒杆菌，那是一种伪装，她永远拒绝伪装。《革命之路》《生死朗读》中均有多场尺度大胆的激情戏，温斯莱特大部分是全裸出镜，她说："我的身材很普通，肚子和胸部都松松垮垮，还有妊娠纹，拍摄的时候，没有美化，没有修饰，一切都尽量自然，试映的时候，却觉得棒极了！"

温斯莱特曾经写过一篇文章，题为《爱不完美的自己》，她说："我获得了成功，我不打算使自己为了这一目标而饥肠辘辘。这对我来说很重要。或许我能够告诉年轻的女性，'你们不必为了减肥而苛待自己，不必为了达到目标而使自己瘦成皮包骨。有一点是非常重要的——那便是你要对自己感到满意。'"

什么是完美？正如温斯莱特说的那样，世界上并不存在任何完美的事物。而你，也不应该总是期待着完美而对自己过于挑剔。从现在开始，收拾好自己，整装待发，不管遇到多少挫折和坎坷，昂着头前进，那么总会沐浴到最明媚的阳光！

>>> 让经历成为精彩人生的基石

九岁以前,她是弃儿,流浪街头。

她在保良局里生活了近15年。

她是香港小姐冠军,1988年香港十大杰出青年,迄今为止,她是唯一一位获此殊荣的港姐。

她是李小龙的嫂子。

她没有受过专业训练,却成为一名摄影家。

她,出版过散文集《美丽的回忆》,1989年4月,在香港艺术中心包兆龙画廊举办了自己的首次摄影展,1990年,在深圳和广州举办了个人摄影展。

她,在五十多岁时,又有了一个全新的身份——礼仪培训专家。

她的经历,像一个传奇,离奇又真实。

她,就是祖籍苏州的张玛莉。

张玛莉，1952年出生于中国香港，祖母是英国人。由于家庭变故，年幼的她曾被家人遗弃街头，流浪了两年多，才被香港保良局收养。"这段生活是我人生中最重要的阶段。保良局让我守规矩，培养我独立，告诉我做事要全力以赴，还教会我照顾别人的感受……我在那里学会了生存，形成了积极的人生观，对任何事都抱着乐观的态度。习惯守纪律，定好了的计划，一定会按时完成，这样才能让一切在自己的掌握中，不会成为工作和时间的奴隶。"

坎坷的生活遭遇并没有扑灭张玛莉心中渴望成功的理想之火，在以优异的成绩从苏浙中学毕业之后，她又考进了圣心学校的商科学习。毕业后，她得以进入尼日利亚领事馆工作。1975年，在同事的怂恿下，她报名参加香港无线电视台举行的香港小姐选美，过关斩将，一举夺冠。1976年，她进入佳艺电视台做编导助理，曾经参与过一些电视剧和教育节目的制作。1978年，她跳槽到丽的电视台做节目主持、司仪并演戏。作为港姐，她还参演了一些影视剧，如《郎心如铁》《大白鲨》《天蚕变》等。

在工作的同时，天性好学上进的张玛莉一直都没有中断过学习。她利用晚上的空闲时间，在香港理工学院进修两年学习工商行政管理专业。她深信即使女人年华老去，只要谈吐得体、有内涵修养，风采永远不会离她而去。

因为自小被抛弃，对张玛莉来说，人生最大的愿望是有一个真正爱自己的人，一个属于自己的温暖的家。上天也的确眷顾她，1980

年,她嫁给了李小龙的哥哥——时任香港天文台台长的李忠琛博士。结婚后,张玛莉逐渐退出了娱乐圈,除了给香港电台电视部主持《绳之以法》《医生与你》等教育性节目外,她开始学习绘画、摄影,并为一些报纸撰写专栏文章,但她大部分时间却用来陪伴家人,成了相夫教子的贤妻良母。

除了将自己的精力放在营造家庭幸福之外,曾经接受社会福利救助的张玛莉还特别热衷于社会公益事业。她协助教堂募捐和义务教学,还多次去非洲等贫穷国家访问,给饥饿和疾病中挣扎的孩子们带去爱心和温暖。1988年,她参与策划了出售"1988年港姐慈善月历"进行公益筹款的活动,同年10月,张玛莉被评选为"香港十大杰出青年",成为历史上唯一获此荣誉的港姐。

做慈善对张玛莉来讲,是由心而发的行为,她不止一次说:"做慈善对于我不是工作,而是生活。"她一直相信,取之社会,用之社会,施比受有福。

家庭、事业、公益活动,她忙碌而充实,但再忙,她也要保证每天8小时的睡眠。"这是一个纪律,人一定要有一些美丽的纪律来约束自己。"

但生活从来就是难以预料的,1995年,张玛莉与丈夫和平分手,结束了15年的婚姻。

但即使如此,张玛莉并未沉浸在过去难以自拔,而是继续发展自己的事业,成立了自己的公司,并且担任执行董事,主要从事公关策划、市场推广和专业形象培训。日子依旧过得如鱼得水，这需要怎样一颗坚韧的心呢？

尽管青春不再，但张玛莉仍然自信地表示："我有魅力。"她认为，女性的魅力，不单在于出众的外貌，更重要的是有一颗善良的心，懂得关心社会、关爱别人。张玛莉从不隐瞒自己的出身，她说："未尝过失去的人，很难明白拥有的珍贵。没有经历过的人，很难理解人生的精妙。"

那些让人伤痕累累的经历，从来就不只是一块绊脚石，坚韧的人永远有办法让它成为精彩人生的基石。

>>> 平淡是绚烂之后的回归

她,是一代人的偶像。他,也是一代人的偶像。

在那个年代,不管是豆蔻年华的少女,还是弱冠之年的少年,心中大多有一个等式:山口百惠+三浦友和=梦想。

他们是令人艳羡的荧屏佳偶,他们出演的电影、电视剧掀起了一股"山口百惠热"。电视剧《血疑》曾在20世纪80年代创造了万人空巷的奇迹,是黑白电视时代无数人心中最动人的爱情故事。

她在剧中的发型被叫作幸子头,成为那个年代最流行的时尚标志,女孩们都希望自己能剪上一个幸子头;她戴的毛线帽被称为幸子帽,成为那时候女孩们最想拥有的饰物,手巧的女孩会买了毛线织给自己和好友;甚至她的两颗小虎牙,也成了最清纯可爱的象征,很多女孩为能拥有两颗虎牙而骄傲自豪。

当年,在东京都世田谷区一个叫砧的草地公园,为拍一段公园的外景戏，15岁的山口百惠，第一次见到了22岁、面容俊朗的三浦友和，山口百惠曾这样形容这个在自己未来生命中最重要男人："穿着蓝色运动装的健康男子，像是一个到公园里来锻炼的运动员。"

一切似乎都在冥冥之中。同年9月，仅仅因为浓重的口音，一个被从1.5万人中挑出来的男学生失去了与山口百惠配戏的机会，取代他的就是三浦友和。他获得了与山口百惠出演川端康成名著《伊豆的舞女》的机会。

《伊豆的舞女》获得了意料中的巨大轰动，15岁的山口百惠凭借处女作奠定了"纯美派"女性的地位，成了日本影坛一线巨星。

转年，两人携手出演电影《潮骚》，他们的"黄金搭档"已具雏形。

17岁那年，山口百惠接到了三浦友和一张写着电话号码的纸条。当时已贵为耀眼明星的百惠，突然变得胆怯不安，几乎有一个半月没有勇气去拨通那个电话。但最终，她还是回应了这个爱的信号，电话交往8个月以后，二人确定了恋爱关系。

真的有月下老人吗？真的有丘比特之箭吗？山口百惠从影后6年期间所拍的影视剧，大多是和三浦友和合作的。这，应该就是所谓的天作之合。

两人最佳"银幕情侣"形象日益巩固，可是，山口百惠在事业如日中天的时候，却对媒体说："我希望自己能平凡地结婚、生孩子，这就是我的梦想。"

辑六 俗世喧嚣琐碎，遇见你刚刚好

1980年，21岁的山口百惠正值演艺事业的巅峰。这一年，她跟三浦友和在东京柏丽丝酒店的凤凰间举行了订婚宴。订婚宴上，山口百惠宣布了自己结婚后即退出演艺圈的决定。1980年，二人在东京赤坂的教堂举行了婚礼。在山口百惠心里，组建温暖家庭、照顾好三浦友和的饮食起居，比自己显赫的明星地位要重要得多。

在一系列告别演出之后，山口百惠最后一次以艺人身份接受媒体的采访。记者问："对于退出演艺圈，你真的没有一点儿遗憾吗？""是的，没有一点儿遗憾。"山口百惠露出特有的温婉笑容，回答却是十分坚决。

1980年11月19日，21岁的山口百惠做了全日本最美的新娘。从此之后，日本影坛少了一个倾国倾城的山口百惠，少了一对万众瞩目的荧幕情侣，世间却多了一对幸福的凡俗夫妻。百惠幸福地说："之所以退出，是因为在我21年的人生当中，第一次遇到了值得我珍惜的人。"

在这个充满诱惑的社会，这样决然的决定，来自那柔弱的身躯，实在令人难以理解，但也实在让人震撼。

陈奕迅曾在《爱情转移》中唱道："烧完美好青春换一个老伴。"这世间，繁华迟早要褪尽，绚烂也终究要归于平淡。青春如一幕热闹的戏，曲终人散，能有一人相伴，便是最美丽的结局。山口百惠是一个聪颖的女子，她深深明白这个道理，所以，能在众多影迷无比痛心的挽留中，毅然淡出。

如今，百惠年近花甲，虽然日本媒体时时传出她复出的消息，但一切最后都变成了谣言，人们不仅难以见到她的身影，更是无法获得她更多的近况资讯。30多年的相依相伴，两人已经恩爱不移走过了半生。如今，他们的长子早已出征乐坛，次子也继哥哥之后进入演艺圈，他们正在延续父母的神话。

喜欢山口百惠的清纯，喜欢她的小虎牙，更喜欢她那一份难得的清奇、绚烂之后的回归，这，才是她的本质，即使她曾有过馥郁的浓香，即使她青春的花曾开得如此酣畅淋漓，最耀眼的，依然是她骨子里深埋的那份平淡，与生俱来、决然固守。

什么样的女人最优雅？什么样的女人最难得？便是那行事果断、坚守梦想、不为外物所迷惑的女人才最让人着迷，活得最精彩，人生也才最如一缕清香，美了自己，也醉了他人。

>>> 美丽女人的气质

2008年5月12日14时28分。中国,汶川。里氏8.0级地震。遇难人数7万左右。

地震,是人类最难抵御的自然灾害之一。但是,它不可能征服在它面前伟大且无畏的人民。因为有一种力量,远胜于它,这就是人性的力量,人性的光辉。

秦怡:从容优雅

每次说到优雅这个词,我就会想起她——一个重压之下依然高贵大方的女人。永远记得她主演的作品《铁道游击队》《女篮五号》《青春之歌》,那时候,她几乎是美丽端庄、温婉贤淑的代言人。

在2008年5月16日电影人迎奥运抗震救灾义演中,满头银发的她走上北京展览馆剧场的舞台。她说,她今年87岁了,不能回到20多岁,到地震灾区尽力。她想捐20万元,向地震灾区人民表达自己的爱心,去帮助灾区那些更需要帮助的人。对于现在片酬很高的明星来说，20万或许只是一部影片的零头，但对她来说则是一生的积蓄。

很多喜欢她的观众都知道，她是一位伟大的母亲。秦怡与金焰之子金捷由于在特殊时期受到惊吓，16岁时不幸罹患精神分裂症，为了儿子她几乎耗尽了一生的精力。她平时连出租车都舍不得坐，一直省吃俭用，就是担心自己走在儿子之前，要给儿子留下可以在福利院生活的费用。后来儿子又得了糖尿病，原本是请医生来家里给儿子打针治病的，可是为了节约每次30元的开销，她学会了注射。为了照顾儿子，她平时很少参加演出和活动，每月的那些退休工资，基本就是她的全部收入。可在四川经历了大灾难之后，她毅然把当初给儿子留下的养老钱全部捐献了出来。

她，秦怡，满头华发，气质高雅，一个大半生都背负着不幸的老人，没有激昂慷慨，没有悲声哭泣，却阐释了大爱无言的真谛。

拿着话筒，她颤巍巍地问，因为走得匆忙，今天没带那么多钱，明天回上海后捐给慈善机构行不行？看她惴惴不安，双手紧握着小红旗，我的心中生出许多酸楚，泪水潸然而下。想起她曾经美丽的模样，想起那些经典的荧幕形象，想起她面对不幸时的坚强、从容和淡定，突然就觉得，她完全配得上人们（2011年）给她的那个称号——中国最优雅的"奔九"老太太。

倪萍：我本善良

她，曾经被人称为最会煽情的主持人。她，一个患有先天性白内障孩子的母亲。她，因为长期关注贫困儿童的教育事业，热心参加慈善活动，被儿童慈善基金会特别授予"爱心妈妈"称号，同时还被授予十几个慈善大使的称号。

她已经算不上当红明星，也不是什么影视歌三栖明星，代言的广告更称不上世界一流品牌，也许还称不上国内知名品牌。但是，当儿子的先天性眼疾需要几次手术，治疗费昂贵时，为了孩子，很少走穴的她疯了一样到处走穴，用半年时间筹集了这笔治疗费，才保住了自己孩子的视力。

2008年5月16日，出现在电视屏幕上的时候，她土气得让人诧异。她素面朝天站在这个大型的舞台上，头发有些蓬乱，面色黯然，皮肤粗糙，双眼红肿，不妖娆，不狐媚，全无明星风范。捐款箱前，她没有停留没有展示，字幕显示了人们才知道，她拿出了100万。

她前一天下午刚从拍片现场赶到中央电视台，说自己只是做了应该做的事。她说一直都在关注灾区救援情况，因为"每时每刻都有变化"，都有坚强的生还者，这让她"无时不感动"。她说虽然捐款100万元，并不是偶然的，对她而言也不是第一次。

尽管今天她的脸上没有任何的粉黛，尽管岁月在她的脸上已经留下了痕迹，但是她却是这个舞台上最美丽的主持人。

就在这一刻，很多人突然明白，倪萍其实并不是故作煽情，而是真的善良，真的容易被感动。正因为这些朴素真实的情感，感动自己，也感动别人。

毛阿敏：习惯低调

已经多年没有在央视露面的她出现在镜头前。再看到她，是在央视《爱的奉献》抗震救灾大型募捐活动上。

第一次露面，与音乐界的代表一起捐款。第二次露面，与刘欢等人一起演唱《人在青山在》。第三次露面，晚会直播的字幕中显示：毛阿敏100万。

印象中，毛阿敏是一个习惯低调的女子。经历了以往的风风雨雨，复出以来她更低调，面对任何采访，都习惯地说，我不会说话，唱歌是用作品来说话。汶川地震以来，她顾不上失明的老父和年幼的子女，顾不上主治医生对她声带疾病的再三警告，连轴转地参加赈灾募捐、义演，但面对中央电视台等主流媒体的采访镜头，她还是低调地委婉拒绝，记者再三要求，她诚恳地说，真情可贵，大爱无言，还是多做些实事吧！

赈灾募捐活动中，毛阿敏一如往常地低调。100万元的巨款被她从容地投进捐款箱，竟然都没给镜头露一个正面。然而正是这种低调感动了现场观众还有数不清的人们，毛阿敏让我们懂得如何实实在在去为社会奉献爱心。

低调是一种高度，高贵的人，往往并不善于言辞，然而，心灵的触觉却分外敏感，哪怕是最微弱的颤抖，因为这种颤抖来自内心深处最纯洁的精神力量。率直、纯粹、敏感、感性、不善言表、无视金钱却把情感当空气呼吸，这些都可以用来形容毛阿敏。毛阿敏曾经参加一个晚会，我坐在台下看她淡淡走上来，一件白色上衣，一款黑底白花裙子，简单平凡，却空灵大气得如仙子下凡。这种气质，与生俱来，旁人无法模仿，不能超越。

五月的鲜花开在废墟，它开得那么绚烂，那么壮丽。美丽女人的人性光芒，是最绚丽的花朵，你看，红色是勇敢，黄色是温暖，白色是纯洁，紫色是优雅，蓝色是安宁。

女人之美，大概便绽放在人性这种特别的气质上，或是从容优雅，或是纯真善良，抑或是低调……

>>> 你若为梦想义无反顾,世界都会为你祝福

罗比娜·穆基亚尔,阿富汗唯一参加过两届奥运会的女运动员,也是2008年北京奥运会上阿富汗四名参赛运动员中的唯一一名女运动员。

2008年8月16日,罗比娜·穆基亚尔在女子100米预赛中成绩为14秒80,是85名选手中的最后一名,但全场观众仍对她报以热烈的掌声。她的运动精神感动了全场观众。

2004年雅典奥运会上,罗比娜和17岁的柔道选手弗里巴·拉萨耶成为阿富汗历史上第一批参加奥运会的女运动员。那么多轻装上阵的运动员中,罗比娜·穆基亚尔是唯一一个身穿长衣长裤的,成绩只排在小组第七。但她在赛后说:"我不难过,也不遗憾,对于我来说,出现在奥运赛场上才是最重要的。我希望我能为阿富汗妇女开辟一条路。"

辑六　俗世喧嚣琐碎，遇见你刚刚好

四年过去了，虽然阿富汗妇女参加体育运动的热潮并没有因为罗比娜和拉萨耶历史性的跨越而掀起，但至少，也没有倒退，因为罗比娜又来到北京了。开幕式上，看到她在本国代表团的队伍里灿烂的笑容，我不禁想起顾拜旦的《体育颂》："啊，体育，你就是勇气！"奥林匹克追求的正是勇气。对于罗比娜来说，她的起点、环境，背负的骂名和期待，这一切所需的勇气，已经使她大大地超越了她的对手。

阿哈德娅和罗比娜是阿富汗国内成绩最好的两名女运动员。本来这个奥运名额是属于更出色的阿哈德娅的，而且在2008年5月至7月间，阿哈德娅和队友阿齐兹在国际组织的帮助下，连续在意大利和马来西亚进行集训。但奇怪的是，后来阿哈德娅突然就失去了消息。

罗比娜只是一个银行职员，这次原本并没有计划出赛，却临危受命，实际上，罗比娜已经很久没有参加正式训练了，直到参赛前两周，罗比娜接到阿富汗奥委会的通知，才恢复训练。

在自己唯一的项目女子百米预赛前，罗比娜每天下午坚持训练两个小时，与其他国家运动员不同的是，她在训练中也穿着长衣长裤，戴着面纱，用阿富汗人的话说，这是对历史的一种尊重。

对于阿富汗女运动员来说，比艰苦的训练条件更困难的是还得面对落后的观念，因为阿富汗男人还不习惯去崇拜一名女英雄，阿哈德娅被恶言冷语包围。让人们钦佩的是，在这样的情况下，罗比娜·穆基亚尔一直保持着自己的体育梦想，不断走向赛场。我们看到，比赛中，罗比娜虽然依然戴着头巾，穿着长裤，但她终于脱掉了长衫，换上了白色短袖T恤。

出国参赛15次，奥运会两次，这样的参赛纪录发生在其他国家，一点儿也不稀奇。但在阿富汗，却可以说是石破天惊！这在热爱生命和体育的罗比娜这样一个弱女子身上，体现出了生命的倔强和人性的光辉，冒着生命的危险和世俗的仇视毅然参加奥运会，这本身就是一场伟大的胜利。

我们从罗比娜身上，可以看到一个普通民众对于奥运会的渴望和追求，罗比娜来到北京，不仅仅是为了参加奥运会，更多的是在与传统落后观念进行斗争，她的行为已经超越了参与奥运本身的意义。"我是为阿富汗妇女而来的。"她肃穆而显得庄严的别样的美让人感到震惊和仰慕。

从来，梦想的道路上就不会一帆风顺，但这个世界上从来不缺努力拼搏的"傻子"，他们为了心中坚守的梦想，披荆斩棘，跋山涉水。这样的人，为梦想义无反顾，世界又怎会不为他祝福？

>>> 人是要有点精神的

曾经,她是一个奇迹,在洛杉矶奥运会上夺得女子花剑冠军,摘得中国历史上唯一一枚击剑奥运金牌。

24年后,已经50岁高龄的她,再次在北京奥运会上与各路女剑客在剑道上搏击。

1958年,栾菊杰出生于体育世家,先后练过田径、羽毛球。1974年,16岁的她开始练习击剑。这一年,刚刚训练了3个月的她就在全国比赛中获得第二名,展露出她在击剑项目上的过人天赋。

1978年,作家理由以栾菊杰为素材写出了影响一代人的报告文学《扬眉剑出鞘》。那是在西班牙马德里,第29届世界青年击剑赛中,不到20岁的她被对手折断的剑茬刺穿左手臂,要知道,她是左手握剑的选手,这种伤,对她意味着什么大家都明白。可是,来自江南的瘦弱的她,包扎之后硬是咬牙用肌肉被刺开花的左臂坚持两个多小时,打完剩下的比赛，最后获得亚军。当国际剑联主席和教练送她到医院的时候，解开绷带，医生连连发出啧啧声。这个柔弱的中国姑娘，以自己坚强的意志征服了观众，征服了世界。这种精神，给当时的中国人注入了振兴祖国的强大力量。

但是，人们不知道，从那之后，栾菊杰的手臂有6个月抬不起来。回国之后，她一边疗伤一边坚持训练，外表腼腆的她，却有着极为好强的性格。镜头前，央视记者小崔问，那时候是不是想着要为国争光？她很真诚地说，不是说为国争光就能争光的，得拿冠军才行。回国之后，国家给了她那么高的荣誉，她得更加努力才对得起这荣誉。

栾菊杰左手不能拿剑，那就做身体训练。高强度的训练之后，她的身体迅速垮下来，最后出现尿血现象，医生确诊为肾盂肾炎，后来转为慢性，全身浮肿，导致后来双肾下垂。但是她依然凭着一股精神坚持训练。教练劝说无效，即使队里成立了监管小组，却依然不能阻止她，只好把她送回家。没想到的是，哪怕在家里她还是趁家人没起床的时候，每天凌晨三四点就起床训练，没有哑铃，就用红砖代替。家人没有办法，又把她送回了训练队。

栾菊杰就是凭着这种气势，知耻而后勇，才在之后一举拿下中国第一个也是亚洲第一个女子花剑奥运冠军。

1984年洛杉矶奥运会，栾菊杰出剑，开始嘶吼。她必须吼。她面对的不仅是强悍的对手，还有出难题的裁判。她一路杀到决赛。后来有一次，她面对镜头笑着说："我的嗓子不能唱歌，就是那时吼坏的。"

辑六　俗世喧嚣琐碎，遇见你刚刚好

洛杉矶奥运会之后，因为身体原因栾菊杰退役了。她没有选择在机关谋取一官半职，而是选择了留学深造，继续她热爱的击剑事业。

1989年，栾菊杰来到加拿大，一直在埃德蒙顿击剑俱乐部任教，十多年间，栾菊杰以她惯有的坚韧个性和击剑才华赢得了当地政府和学生们的尊重。加拿大人为感谢她对加拿大击剑项目做出的贡献，特意以她的名字命名了一项国内公开赛——栾菊杰击剑公开赛。这种荣誉，在旅居国外的中国人当中，包括著名运动员中，都是不多见的。

但是，回北京参赛一直是栾菊杰的梦想，"我想参加北京奥运会之后再战十年才封剑，我想这可能会成为一项新的吉尼斯世界纪录。"

女子花剑在加拿大只有两个名额，经过一年的努力，栾菊杰克服了大女儿生病的艰难，自己花钱跑了15个国家打所有的比赛，从美洲到亚洲再到欧洲，从最初的第131位积8分打到现在积62分排位第42名，名列加拿大第一，终于取得参赛资格。

中央电视台《小崔说事》演播厅里，小崔笑问："你是不是为了教育年轻人？"她笑着说："不是，我只是想告诉大家，我栾菊杰依然年轻。"是啊，她这次的对手都是她自己当年拿冠军的年龄了，能够有勇气再披战袍，她凭借的，就是一如既往的那股气势，知弱而后勇。应观众要求，她现场演示击剑动作。依然挺拔的身姿，依然灵活的步伐，依然优美的动作，让人们看到了"东方第一剑"的风采。

她说："其实现在对我来说，击剑已经成了生命中不可缺少的一部分，我并不是刻意追求什么，而是在享受击剑。""如果在其他国家举办奥运会，我早就放弃了，我连奥运冠军也拿过。因为是在中国，全国都很重视，我觉得一定是世界上办得最好的奥运会，我这个50岁的人才有勇气去参加。"

栾菊杰曾说："有人觉得运动生命都不会太久，我觉得这在于每个人。人要有一种精神，就是一种追求，应该是无量的。我都50岁了，不是为了拿名次来的，但我绝对不会故意去输掉。""我一直很乐观地生活，无论怎样人总是要死的，那我为什么要停下呢？"

理由说，当年栾菊杰打动他，打动所有读者的就是那一股不服输、不放弃的精神。

毛泽东说，人总是要有点精神的。是的，栾菊杰用自己的奇迹做到了，其实谁都能做到。

>>> 去吧，做比让自己快乐更快乐的事

知道她，是因为网络。很长一段时间，和很多人一样，我认为她的举动都是为了炒作。如今社会，炒作似乎成了一夜走红、一夜成名必需的手段。

她，陈潇，生于1983年，湖南怀化人。北京服装学院毕业后，陈潇先后经营过两家服装店，尽管她十分努力，但生意都不尽如人意。2008年年底，在她的第二家服装店关闭的同时，一段爱情也走到了尽头。心灰意冷的陈潇准备离开北京。走之前，她突然很想在北京留下点什么，为认识或者不认识的朋友做点什么。

于是，陈潇在网上发了一个帖子："活着真没意思……我想换一种生活方式，你们来安排我的今后生活吧……"

很快，就有网友响应了。一位男士邀请陈潇带上相机到医院见证一个婴儿的诞生。陈潇说，这一次亲眼见到一个新生命诞生，让自己

对人生有了新的认识。

接着,她又接了好几个任务:早上去天安门拍升国旗;去北大、清华门口拍两张相片;去一家过桥米线吃一餐……每一次任务,陈潇都认真完成。

后来,有好些朋友过意不去,就建议陈潇定价做收费服务。考虑再三之后,陈潇在淘宝网上开设了一家"陈潇的剩余人生店",主要经营的商品是自己的时间,也就是把自己的时间卖给有需要的人。在网店里,陈潇把时间分为"陈潇的8分钟""陈潇的一小时"和"陈潇的一天"三个等级,价格分别为8元、20元和100元。同时,陈潇还每天在她的网店和博客中摆放完成各种任务的照片。她做得最多的就是帮人送花、写祝福话语并拍照、帮人代购这样的任务。也有网友买下陈潇的时间让她帮自己看望病人和爱猫老人。而更奇特的是,居然有网友要求陈潇带着礼物帮自己向女朋友道歉,甚至有人花钱帮陈潇缴纳学费要求她学习驾驶来替自己开车接人。

一时间,陈潇的行为引起了众多网友热议。除了叫好,更多的人都认为这是陈潇精心策划的一场炒作。面对非议,陈潇做出了一个决定,在网上公布自己个人信息,包括身份证号、手机号,等等。陈潇说,她要用真诚来说明一切,让网络变真实。

镜头前的陈潇,有一双酷似赵薇的大眼睛,眼神清澈纯净,甚至连说话的声音和发音方式都像,可是,当记者问她,如果有导演要请她做演员,并有可能成为明星她会不会做?陈潇眨着大眼睛说,不会，因为她觉得自己不适合做演员，不适合去还非要去做，那就是浪费时间。

如今，陈潇把"陈潇的8分钟"的所有收入都捐献给了慈善机构。陈潇说，她是一个简单的人，只需要过很简单的生活。她这样不可能成为富翁，但是她很快乐。最让陈潇开心的是一次到长城收集几百个人的签名祝福祖国，还有一次到街头拍下男士照片为网友做成一张独特的生日贺卡。

陈潇的理想生活是什么样的呢？我们面前有一幅特别温馨的手绘图。画面上，鲜花盛开，绿草如茵，一个长发飘飘的小姑娘俯卧草地，背上站着可爱的小狗，小狗背上依次是三只小猫。陈潇给画命名为：陈潇的幸福生活。陈潇养了一只狗，三只猫。她说，有一天，朋友们不再需要我做这些了，她就带上她们家狗狗去旅行。

陈潇说，她们这一代人，没有生存压力，社会和谐，所以她们想追求更多的生活方式。她做的是比让自己快乐更快乐的事情。这话听起来有些拗口，仔细回味，却不无深意。

很多时候，人们都喜欢站在自己的立场，或者一个固定的角度来看待一些新事物。但正如一位网友说的："即使是一场秀，也是一场温暖人心的真人秀。"如今，这种说法得到了许多人认可，因为，不管陈潇是否炒作，她的行为都让这个虚幻的网络变得真实而温暖。

你有没有羡慕过陈潇？去吧，去做比让自己快乐更快乐的事情吧！去让自己快乐，生命才有意义！

>>> 只是为了信仰

镜头前,她灿烂地笑着,说,我希望过好每一天,在我有生之年遇到一段我自认为完美的爱情,一见钟情那种。

她,是一个长相清秀的女孩,名叫白剑。父母希望她像剑一样坚韧、坚强。从12岁开始,她和父亲一起照顾生病的母亲,比同龄人更加成熟。初中毕业的时候,她毅然报考了卫校,毕业后成了东直门医院呼吸科的一名护士。她很开心,因为这样既可照顾母亲,又能够帮助父亲承担家庭负担。此时,母亲的病情也基本稳定了,一切似乎都开始好转起来。虽然父母心中都有着隐隐的担忧,可他们怎么也不相信,不幸会再次光顾这个本已不幸的家庭。

但事实就是,上帝并不眷顾他们。

那天,白剑值班,医院正好有一个例行体检,她也去了。拿到化验单，她看见肌酐的数值相当高，多年照顾母亲和所学专业让她对这个词十分熟悉。她脑子一片空白，怎么也不敢相信。她又悄悄到另一家医院检查，结果是，她患上了与母亲同样的病。那一刻，白剑感觉自己一下子从阳光下走到了冰冷的世界。正值青春年华的她，还有那么多美丽的梦想没实现，她甚至还没来得及品尝爱情的甜蜜。她不愿承认自己成了一个病人，更担心父母同事朋友知道真相，于是她努力以正常人的状态生活，依然正常上班，依然下班后和朋友出去玩耍，她默默一人与疾病抗争着。可是，半年后，她实在无法坚持下去了。她准备告诉护士长，离开岗位去治病。她不得不承认现实，她说，其实之前的逃避和挣扎，一部分是担心母亲，怕她以为把病遗传给自己而自责。而她的母亲知道后，也真的很自责，可是，大难来临，一家三口却有一种置之死地而后生的决绝，白剑更坚定了战胜厄运的信心和勇气。

那晚，白剑值班，她一宿未睡，收拾好自己所有的物品，静静坐在护士站，看着熟悉的一切，心中有太多的不舍和无奈。第二天，她在主任办公室门前徘徊许久，"那是最艰难的抉择"，进去，就意味着今后要以病人的身份生活了。她说，因为多年照顾母亲以及工作的原因，她对死亡其实并不恐惧。可是，有一天，拉开冰箱门，冷气扑面而来，她突然就蹲下来哭了，死亡就是这样啊，很冷很冷。

她，还是勇敢地敲开了主任的办公室。

不妨从容过生活

了解到白剑家的情况之后，医院决定给她解决高达10万元的医药费，同时还积极寻找肾源，并在院内开展募捐。集体的关怀，让白剑感到了浓浓的暖意，她积极配合治疗。幸运的是，一年后就找到了合适的肾源，做了肾移植。可是，一般人移植后一个月便可出院，白剑却在病床上与排斥反应整整斗争了三个月。

一年后，病情终于稳定了。白剑马上要求上班，她想以自己的努力回报所有关心自己的人。医院给白剑安排了一个轻松的工作，她认真地工作着，跨越了生死界限的她，愈加感到工作的美好，也更懂得了活着的意义与快乐。但是，两个月后，她便坚持不住了。犹豫了两三天之后，她再次离开工作岗位住进了医院，这次，血尿已经很严重，光是想到小便就有痛得打滚的感觉。

白家只有父亲一个健康人了，一个普通工人的收入是很有限的，白剑每个月8000元的药费，使一贫如洗的家里雪上加霜，虽然医院给她报销了85%，可筹措余下的15%对他们家来说，也是十分艰难的。她的父亲愁白了头。说到父亲，一直笑着的她哽咽了，潸然泪下。

这一年，白剑才22岁。鲜活的青春，阳光的生命，美丽的憧憬，一切都在离她远去。病床上，她大量读书，到书里寻找与疾病抗争的力量。后来，白剑在网上开了一家小店，她希望以此证明自己还能正常生活。小店月收入只有几百元，相对母女俩的医药费来说无异于杯水车薪。

白剑说，开小店并不完全是为了治病，她想建立一个平台，联系肾友，为急需费用的病友筹集资金。

她，体重只有60多斤，心跳每分钟120次，但是，她那么阳光，外人根本看不出她是一个重症病人。她在网上建立的肾友联盟叫"爱心公社"，病友曾达200多人，大家互相鼓励，互相取暖，共同与病魔斗争。生病期间，白剑还在网上写下了与病魔抗争的日记《我的疾病倒计时》，以此鼓励每一位陷入病痛的人。

四年了，白剑移植的肾已濒临衰竭，每天靠药物维持。她却依然笑着，活着，认真地生活，有着自己的秘密和向往。她眼里满是希冀，微笑着说，我们都不知道上帝派我们来到这个世界所为何事，我要做的就是，过好每一天，在有生之年遇到一段完美的爱情。

看着屏幕上略显憔悴却依然美丽的白剑，我忍不住想，死亡，这个发音如此轻松简单的词语，在我，在每个生命的眼里，却是那么沉重，那么艰难。不明白仓颉当初为什么会造出这样一个词，把沉重变轻松，把艰难化为容易。是不是远古时代，人类在自然面前太过弱小，对神灵的敬畏，对生命的敬畏，让人类洞悉了死亡的不可预期、不可逃避？那么，祖先们是不是可以从容赴死呢？

我知道，这个世界上，过去曾经有很多人，现在也有，将来还会有，在死亡面前和病魔做斗争。可我只想知道，在一个和平的年代，当死亡来临时，我该如何镇定淡然，才能从容优雅地转身告别，留给这世界一个最优美的背影。

也许,最好的还击便是——微笑面对,过好每一天。

也许,只要为了信仰,只要心怀希望,一切都可以变得很坦然。

辑七
纸上云游漫步，领略别样风景

>>> 小人物身上也有巍峨

应该是在那年冬天读到迟子建的《群山之巅》。

那时，我正有点焦头烂额。工作的琐碎，让人不胜其烦；父亲突然离世，带给我始终无法排解的忧伤；以往坚强的母亲，也好像变得十分脆弱，我要想尽办法做她的心理咨询师，安慰她，开解她；远在国外的儿子，专业学习碰到困难，也需要我时时疏导……

我还在为一个好友难过。她少年丧父，母亲辛苦带大她和妹妹，吃了不少苦，也遭受过不少白眼。好在姐妹两个都很争气，相继读了大学，有了稳定工作，已经为人妻为人母。可去年，好友的婆母突发脑溢血，虽然抢救过来，却完全丧失了生活自理能力。但是老人不愿意跟女儿，于是，好友夫妻就担起了照顾婆婆的担子。夫妻俩都是中学老师，工作忙碌，还要照顾正上高三的女儿。我只能对她说："一定要好好保重自己。"

辑七 纸上云游漫步，领略别样风景

不知道苦难是不是有偏爱一个人的习惯。没多久，好友的母亲又查出罹患癌症，得按时进行化疗。于是，好友往返奔波在医院、学校和家之间，说："我累得身子一沾床就可以睡着啊！"我依然只能对她说："一定要好好保重自己。"我心里明白，这话太苍白，相当于没说。

这个时候，读小说成了我放松自己的最好方式。

我看得很慢。《群山之巅》这篇看上去没有主角的小说，涉及人物众多，必须慢慢读、慢慢想。我有足够的时间，读那个叫龙盏的北方小镇上形形色色的小人物，看他们在尘世间沉沉浮浮，辛苦辗转。

有人说，《群山之巅》包含了一种巨大的悲伤：人这一辈子，不过如此。安雪儿的遭遇，莫不验证了这一点。你看安雪儿。这个侏儒女孩，是整个小镇尊崇的"小仙"，是个精灵般的角色。然而命运却异常悲惨，先是被杀人犯强奸，昔日的灵气不再，后又怀孕生下一个孩子，这还不算，霉运接踵而至，整部小说以她再次受辱收尾，不仅被奸污而且生死未卜。

迟子建谈到安雪儿的人物原型——童年生活的小镇不远处小村子的一个侏儒："我曾在少年小说《热鸟》中，以她为蓝本，勾勒了一个精灵般的女孩。也许那时还年轻，我把她写得纤尘不染，有点天使化了。其实生活并不是上帝的诗篇，而是凡人的欢笑和眼泪……"

我知道，迟子建经历过爱人意外去世的苦痛，很久不能走出来。但当她终于走出个人的忧伤时，她获得了常人没有的博大和宽厚。她始终是温润的，即使是在苦难中，她也不愿意放弃诗意。她这样解释书名的寓意："高高的山，普普通通的人，这样的景观，也与我的文学理想契合，那就是小人物身上也有巍峨。"

我非常喜欢这句"小人物身上也有巍峨"。我也喜欢迟子建在篇中刻画的女性群像图：安雪儿怀孕并生下儿子毛边以后，整个人就完全变成了一个人间的母亲，融入了世俗生活；单四嫂、王秀满和烟婆、李素贞、唐眉、陈媛，等等，她们的内心都怀有隐秘的伤痛与孤独，却无一例外地坚强生活，努力活出人样。即使是唐镇长的老婆陈美珍，曾经在镇上呼风唤雨的女人，家族败落后她仍故作坚强，精心打扮，还要花枝招展地招摇过市，就是为了让别人觉得自己过得不错。她们身上，都有令人惊叹的"巍峨"。

一直以为，心情不好时需要读轻松愉快的书，读完《群山之巅》后我才突然发现，这些沉重的故事，居然也能带给我一种如释重负之感——谁的生活不是一地鸡毛呢？我有的烦恼，别人也有，有的甚至比我还深。

掩卷细思，好友身上那种超出我想象的坚强，也是一种"巍峨"。她每天依然坚持跑步，认真写作，用心过好每一天。她说，在做这些事情的时候，她就能体会到生活的乐趣。好友是一个有着美好理想和情怀的女子，她用自己的乐观，感动我，感染我。

我的一个同事，父亲去世时正赶上学校教工艺术团排练迎新年节目，她处理完父亲后事，就投入了排练。当时，我不能理解他们为什

辑七　纸上云游漫步，领略别样风景

么能很快就解脱，正常生活。在我看来，至亲去世，哀思无限，至少一年是不能有任何娱乐活动的。如今我明白了，同事也是一个明白生死的人，她的行动告诉我：年华易逝，至亲也会分离，但时间却把最美最真的留在我的心中，让我记起时并不全是悲伤，只因为，我活得快乐，他才会快乐。

读过一篇散文，文中提到仓央嘉措的一首诗："世间事除了生死／哪一件不是闲事／我独坐须弥山巅／将万里浮云／一眼看开……"作者说："但是，这位传奇的情圣僧侣六十四岁离世时是不是会想修改一下诗句——独坐须弥山巅，一眼看开，连世间生死也不过是桩闲事吧。"我想，置身山巅，就应该有"一览众山小"的壮阔了吧！

不妨从容过生活

>>> 不是所有金子都想发光

女作家洁尘在一篇随笔中写到法国电影《刺猬的优雅》,这是根据法国同名畅销小说改编的电影。电影里,女门房勒妮身份低微,外貌丑陋,却热爱托尔斯泰、莫扎特和小津安二郎,她不仅是一个文艺爱好者,广泛涉猎文学、音乐和电影,她还是一个学者和哲人。原小说里,这个从未上过学、肥胖穷困、年过五旬的巴黎女门房,居然在她小小的房间里研究胡塞尔现象学。

读到这里,我放下手头的书,迅速查找胡塞尔现象学的有关知识,百度上说——现象学由德国犹太人哲学家胡塞尔创立,它最重要的贡献是揭示出了一种新的哲学思考方法的可能,或一个看待哲学问题的更原初的视野。

如果你以为这类奇人只存在于影视作品和小说中的话,那就大错特错了。

洁尘说,她先生与同事午休时经过成都的一条小街,见一个修鞋人趁没有客人时在读书。他在读什么呢?武侠?言情?好奇的同事走过去一探究竟——他读的竟然是夏多布里昂的作品。

夏多布里昂,是法国18-19世纪的作家,也是法国早期浪漫主义的代表作家。他一定想不到,他能在21世纪,与一个修鞋人相遇相知。

洁尘写道,在这个世界上,有很多的"暗物质",他们的内心无比优雅动人,但他们选择将这些优雅动人与世人避而不见。

物理学中的暗物质很小,但却是宇宙的重要组成部分。依照洁尘的比喻,我们身边的"暗物质"也不少。

我同学老戈,是个真正的读书人,涉猎面极广,阅读极深。因为所购书籍越来越多,书房一面墙的书柜都不够用,前些时,他将客厅改造成了书房——原本摆放沙发的地方竖起了一整面顶天立地的书柜,双人大书桌端坐之前茶几之位——大气书香气扑面而来。

一天,老戈对我说:"啃了两个月的《五灯会元》,想换换口味,最近买了几本和陈寅恪有关的书。"《五灯会元》是中国佛教禅宗的一部史书,文言文20卷。要读完它,可以想见需要怎样的心境。

老戈夫妇都是普通教师,安静有趣地生活着。每年市里举行评选书香之家等活动时,我都会暗想:"像老戈这样真正的书香之家从来不会张扬炫耀,他们沉潜在书海深处,不求人知,只想做自己喜欢的事情。"

商略是一家事业单位的工作人员，每天与房子、数字打交道。朋友聚会的时候，她可以来点八卦或者段子，更是以各种说笑活跃气氛。熟悉她的人才知道，她古典文学功底深厚，尤其爱好古诗词，还写得一手好书法。七夕，满大街的情人节鲜花，朋友圈里更是数不过来的晒红包秀恩爱，商略却只是赋得一首《得赠红玫瑰》：姝姿丽色芳如是，刺骨贞心暗娩香。莫道薄情难折取，还邀麟玉焙柔肠。

何其雅致！我等不懂音律之人，只能望洋兴叹。

书画同源。不记得从什么时候开始，商略开始拿起画笔，先是画些扇面之类的小画，三两株兰花，清逸出尘；老枝红梅，傲雪独立……最近，她又开始泼墨山水，越发大手笔。有行家夸赞小妮子好生了得，可以靠一手字画谋得更滋润的生活。商略却依然只是静静画着，写着，有朋友喜欢，就开心地送人，别无他求。

人们常说，是金子总会发光。于是，我们总是勉励自己要好好学习，充实自己，让自己这块金子的含金量越来越高，以期有朝一日脱颖而出，熠熠发光。却不知这世上还有那么些金子，他们的"优雅藏在其社会身份和形体外貌之后"，他们默默放弃了闪光，在暗夜里，做不发光的金子。可是这又有什么不好呢？喜欢发光的金子就努力发光吧，另外那些，就让它们安静地存在于这个世界的某个地方，地老天荒。

>>> 羞涩爱情淡淡开，情到浓时淡淡描

近日，读孙犁晚年作品《尺泽集》之《亡人逸事》一文，写到夫妻结缘的情景，很是有趣。

一个雨天，两个媒婆在后来成为作者妻子的王氏（后孙犁给她取名王小立）家里避雨，与王氏的父亲随便闲聊，说起刚刚去的那家的女儿与男方不合适，一媒婆突然说："你家二女儿合适。"父亲稍稍问了下情况，便说："好。"之后，媒人来来去去几次，就定了这桩"天作之合"的亲事。

旧式婚姻，拜堂前男女是不得见面的。孙犁与王小立婚前却有一次见面。

一次，孙犁和姑姑去看戏，顺便相相媳妇。看到一排长凳上站着三个大辫子姑娘，姑姑便大声叫着孙犁的名字，说让他就在这里看，散场后来接他回家。

"姑姑的话还没有说完,我看见站在板凳中间的那个姑娘,用力盯了我一眼,从板凳上跳下来,走到照棚外面,钻进了一辆轿车(旧时车厢外有帷子的载人马车)。"孙犁的姑姑真是聪明,略施小计,就让不曾谋面的青年男女在婚前有了第一次见面。

更可爱的是那个转身离开的大辫子姑娘,我暗自猜度,连七里八乡难得一次的大戏都不看了,她心里,是怎么样的欣喜与羞涩呢?慌乱中,她看清未来夫婿的面容了吗?用力"盯"了那一眼,就彻底安心,所以值得记一辈子吧?

写故事时,孙犁妻子已病故十多年,他也已是古稀之年,当年情景,淡淡写来,却如在眼前。

于是又想到朋友讲过的她父母的故事——

母亲是地主家小姐,家境殷实,外祖父重男轻女,母亲从未读过书,却做得一手好女红,懂得操持家务。外祖父看上了做教书先生的父亲,虽然父亲家道不好,外祖父还是决意要把自家女儿嫁给这个知书达礼的年轻人。

一日,外祖父请父亲到家里来谈事,母亲得知,想看看自己将要嫁的人,又不敢轻易出去抛头露面。于是,母亲悄悄站在绣楼回廊边上,静候父亲和外祖父谈完事情离开。

走出院子时,父亲不知何故,停下脚步,回了一下头。"好好看的一个人啊!"母亲在心里惊呼。母亲说她大字不识一个,可就是喜欢读书人,喜欢那种秀秀气气的样子。只是一眼,母亲就把自己的一生放心地交到了这个好看的年轻人手里，风风雨雨几十年。

我至今记得朋友讲述时的神情，虽然她的父母早已不在人世，但是她却是一脸艳羡与幸福。我最喜欢她母亲心里的那声惊呼——"好好看的一个人啊！"那一刻，此前的不安与忐忑，一下子烟消云散，少女心里那些含苞的花儿，如有春风拂过，春雨滋润，呼啦啦，羞涩而喜悦地次第绽放了吧？

我的父母也有着让人心动的爱情。

当年，为了看飞舞的雪花，父亲从潮汕平原到华中上大学，毕业后先是留在省城武汉，28岁响应支援内地的号召去了宜昌。当年，因为外公被打成"右派"发配到宜昌，少年丧母带大两个弟弟、已经21岁的母亲才读高中。

那时候。父亲英俊潇洒，母亲美丽端庄。

暑假，在校等候高考录取通知书的时候，母亲闲来无事，便找父亲借书，是很高雅的《人民文学》。一来二去……这让人想起钱锺书先生关于青年男女借书的妙解。

"后来嘛……"父亲说，"临上大学之前，她拿了最好的照片来请我帮忙带到城里冲洗放大，呵呵，醉翁之意不在酒啊！我呢，就多洗了一张夹进相框放在书桌上，你妈来的时候，我告诉她放一张在我这里了，她也没反对，呵呵……"父亲讲的时候，母亲不说话，只是笑，羞涩地笑。

父亲说："也是巧。那年暑假市里举办教学研习班，我没去，两个室友一直都在学校待着的，不知怎么也回家了。"母亲也说："是啊，我也无处可去，只能在学校等通知。"原来，爱情也是需要天时、地利才有人和的。

金婚的时候，父亲吟了两首顺口溜纪念他们的爱情。其一为：男婚女嫁半由天，湖广相隔路几千。若非月老相成就，哪得姻缘一线牵。

无论旧式婚姻还是当代爱情，细细数来，都应是不乏这样让人动心的羞涩之态的。也许是年纪大了的缘故吧，我越来越喜欢这些羞涩的情感。它似早春初绽的梅花，清清淡淡，若有若无，能芬芳了寂寥庸常的时光；又如水墨画，轻轻浅浅，墨韵辽远，却道是情到浓时淡淡描，相伴一生细细品。

辑七　纸上云游漫步，领略别样风景

>>> 对它们好，就像对自己好

不久前，在旅途中闲翻航空杂志，读到作家沈嘉禄的一篇美食随笔。文中他提到自己一次与友人到某地，看见小店里有"香玉"牌太仓糟油，这可是最正宗的糟油啊，顿时欣喜不可抑制。友人很是不解，说糟卤不是到处有售？写到此处，沈嘉禄用了一句：夏虫不可语冰。好一个夏虫不可语冰，说得粗俗点，不就是不可对牛弹琴之意吗？看得我禁不住无声地笑起来。

作为一个爱吃的人（自以为还远远不够吃货级别），颇懂得沈先生的欣喜。我曾在异地想尽办法处理好某一种食材，不远千里背回家，也常为了做一道菜而不辞辛苦开车奔波于各处菜场，只为买到最合适、最地道的食材。我家先生很是不解："不就是一个菜吗，哪里买的不一样？本地没有就不吃嘛，又哪里值得这么远带回来？"每次呢，我都只能摇摇头，有知音难觅的遗憾。如今，学会了沈先生的幽默,下次再遇见这种情况,可以回他一句"夏虫不可语冰",立马有了俯视他的高贵感。

也曾有人很自豪地说:"我一向不讲究吃,不会为吃花太多心思,只要吃饱就行。"在他的不屑语气中,我感觉到一丝对我等好吃之人的"蔑视"和"悲悯",我只能"呵呵",那一刻也竟然有些羞惭,似乎为了吃费太多心思,是一种堕落的表现。但转身,依然还是要打电话找某个商贩预约一只散养土鸡,细火慢煲出一锅飘着金黄色油花的鸡汤,要不就再问问某个小贩近期是否有野生黄鳝或者黑鱼,我想炖一钵香喷喷的腊肉黄鳝煮老黄瓜,或者熘一盘清清爽爽的青椒木耳黑鱼片,鱼骨头也不浪费的,热油爆香姜蒜,来一碗乳白浓香的黑鱼汤……在美食的香味里,我忽然生出一些对这人的怜悯,生而为人,只要求吃饱,岂不是愧对苍天?孔夫子的"食不厌精,脍不厌细",我们可取其慎重对待食物之心。

最近,手边放着一本小书——清人袁枚撰写的《随园食单》。书中涉及的菜式有300多种,旁征博引,生动有趣。译注者说,袁枚不仅将饮食烹调看作一门聊以果腹、满足物质生活需要的手艺,还把饮食当作一门学问进行研究,以满足社会精神文明生活的需要。我理解为,吃饱,是最基本的生理要求,做美食就像追求爱情,是人生另一种意义的奢侈享受。

读到袁枚《须知单》之"先天须知"中说:"大抵一席佳肴,司厨之功居其六,买办之功居其四。"我得意地用笔画下这句话,朗声读给先生听，为我四处采买的举动找到了最好的理论依据，让他以后只能毫无怨言地当随从。

曾经看到有人说从食物中能够体察到烹饪者的情绪，只有用心才能让食物美味，我觉得其实就是袁枚观点更人性化的表达。

不过，也的确有人生来缺少烹饪的天赋，我的一个女友，操练多年，但费力做出来的任何一道菜，都让人吃得愁眉苦脸。如若这样，可以学学我的另一个朋友——全心钻研出自己的特色。

她的厨艺号称"一饼打天下"。她家的饼种类繁多：土豆刨成细丝，加些淀粉，热油小火，慢慢煎黄，是孩子爱吃的土豆饼。青豆玉米胡萝卜丁，加面粉鸡蛋液，可以煎成饼。老公做饭剩下的芹菜叶，她拿来洗净焯水切碎，加上虾皮、鸡蛋、面粉，可以做出芹菜虾皮饼。打豆浆剩下的豆渣，切点韭菜，加点面粉，还是做成饼……

海桑的新诗集中有一首诗叫《食物是一种恩爱》，他这样写道："食物是一种恩爱/以及衣服，以及住所/只能以辛苦的方式去获得/对它们好，就像对自己好/看它们在水和空气中/变成旧衣服和老房子/什么也不说。"面对自然的馈赠，我们除了珍惜，感恩，还能说什么呢？

"凡物各有先天，如人各有资禀"，唯有以爱恋之心对待大自然提供的各种食材，精心烹饪，充分享受食物的色香味美，体味饮食文化的情调和意趣，才是对自然常怀感恩之心最真诚的回馈，对生活满含深情厚谊最恰如其分的报答。

>>> 像呼吸一样读书

经人介绍，开始阅读美国作者莫提默·J.艾德勒和查尔斯·范多伦的《如何阅读一本书》。这本1940年出版并高踞全美畅销书排行榜榜首一年多、好评无数、重版多次的阅读指南，让我的阅读得以进入一个全新阶段。

梁文道这样介绍："同一本书，我可以很迅速、很简略地读，我也可以很认真、很细致地去读。那么这种把阅读的层次区分出来的这种想法，是《如何阅读一本书》这本书里边我觉得最了不起的一个说法。当然，像这样的说法从古到今很多人讲过，并不足为奇。可是我觉得这本《如何阅读一本书》，它的好处就是它充满了很多的细节，写得非常清楚。这本书是本工具书。"

一直以来，我认为自己虽然算不上真正的读书人，却也是喜欢读书的。我喜欢买书，不间断地买书。以致在先生的印象里，我的网购全是买书——因为每逢说到网购,他就这样对朋友们说,自然引来一阵赞誉——我着实会羞愧一阵子,想着这次一定要用更多时间读书,好好读书。

可生活在碎片化阅读时代,各种获取信息的方式层出不穷,我也不可免俗,似乎一天天被电子屏幕绑架,阅读已大多停留在轻阅读、浅阅读。似乎是为了求得一些安慰,以图自己还没有堕落到一日不读书面目可憎的地步。看看床头,大大小小的书堆了一摞:《文学回忆录》《顾随诗词讲记》《追风筝的人》《众声喧哗》……不能不说都是好书,却只是随意地睡前翻看,若要论收获,实在是……

读到书中将阅读分作——基础阅读、检视阅读、分析阅读、主题阅读四个层次时才发现,自己的阅读基本上还停留在最初层次。虽然看书也会拿笔在书上做批注,标出自己认为好的部分,还远没有达到通过读书来增进自己理解力的高度。

我想起一个朋友,她读书甚多,却从不炫耀卖弄,反而总觉得读书太少,要求自己每周必读二十万字。她在客厅放了一张原木桌,每天读帖习字,每年用小楷抄写《论语》两遍。她读书,可以称得上读进去,又读出来。她甚至说过只读"死人"的经典,精读不滥读。当然,我发现她现在已经不是这么绝对了,也开始阅读"活人"之作。

我这位朋友给我推荐过大冰的两本书《他们最幸福》《乖,摸摸头》,她说,这两本书一定要先读《他们最幸福》再读《乖,摸摸头》。我没有问她读过《如何阅读一本书》没有,但她的阅读,完全是按书中所说进行的。她经常会同时读两个或者三个作者的书，分别进行比较。

记得有一年，市图书馆请她去做讲座，讲《论语》，我这位朋友深入浅出、旁征博引，博得满堂喝彩。人说阅读是一门艺术，是每个读书人都必修的一门功课。我以为我这位朋友的"阅读艺术课"成绩优异。

阅读应该是像呼吸一样自然的事情，不值得炫耀，也不能称为爱好，阅读应该是一种习惯，一种植根于你骨子里的一种习惯，不用刻意，只需用心。阅读也应该是一件安静的事情，只有静下心来，才能认认真真读完一本书，并将它消化吸收，变为自己的东西。

如今人们热衷的浅阅读，仅仅满足了阅读三大目的之一的娱乐消遣，就像马斯洛的人的五种需求层次一样，还只是停留在第一层次——生理需求。还有人说，人的生活就像上楼，进到一楼可以获得物质满足，爬上二楼能够享有精神丰富，登上三楼才是灵魂的真正自由。灵魂的高度，我等凡人无法企及，努力走到二楼，还是可以也应该可以做到的。

我开始要求自己读书做笔记，不仅仅是摘录与写作有关的文字，还要试着分析。当然，绝对不是学生做阅读题那种"肢解"文章的阅读分析。写读书笔记，要有所侧重，既要有事实和作者的观点，也要有自己的观点，更要有思考地去接受。这样读书，比较辛苦，比较劳心费神，但长期积累下来，最后得到的，将会超出我们自己的想象。

这似乎与如今广为提倡的"悦读"相去甚远。不过我以为，"悦"读的理解有两层意思：一是指读书带来的精神享受是愉悦的，二是指认真读完一本书，并因增长心智、不断成长而带来愉悦，而不应该是有些人理解的不用心、不思考的阅读。

　　培根说："有些书可以浅尝辄止，有些书要生吞活剥，只有少数书要咀嚼与消化。"当我们认真读完《如何阅读一本书》之后，如何选择对一本书的阅读方式，我想应该是十分清楚明晰了。

后记：在你的心底开一朵花

我一直以为，业余时间写点小性情的文字，最大的意义，不过是满足个人喜好，如同喝酒抽烟打麻将，图的是自娱自乐，记录一点当下的心情、感触，以备日后回味。至于其他，无非是想如果某篇小文字得到编辑厚爱，在报纸杂志刊发，赚点碎银子，可以做茶余饭后的甜点资费，犒劳一下自己贪吃的嘴巴。所以，我总是很随性地写，也是随性地投，颇有些散漫的感觉。而我又总是幸运，大多数文字都能得到编辑的厚爱，得以面世见人。于是，心怀感激，继续写些散淡的文字。

一日，一个朋友告诉我曾遇见我先生，谈及我在报上发的几个小文，其中一篇的内容关于男人喜欢掩饰情感，发在南京《扬州晚报·繁星版》，里面提到先生的一句话，这句话，让我一直感念在心。朋友对先生说我情感细腻，在乎这些真实的小小感动，先生极其

后记：在你的心底开一朵花

赞同。另一篇首发《北京青年报》，后来被多家报纸转载，写这篇小文的因由是先生的两个噩梦，他却没读过。先生对他们说："只是一个噩梦，梦见她不在了。想想如果她真的不在了，还真让人不好想。"这话，令朋友感动，也让她的先生"受到教育"，当下表示今后要对她好一点，还说没能让自己的妻子享福，对她好一点也是应该。朋友说："你看，这就是你文字的意义。"

朋友的话，很令我吃惊。此前，先生曾颇有责备之意，说我把家里的一点隐私和朋友的故事都写出去了。实际上，他也清楚，来源生活的温暖情意，始终是最能感动人的。我本是不大关心时事、不大关注热点焦点的小女子，文字里没有刀光剑影、爱恨情仇，亦没有慷慨激昂、愤世嫉俗，有的只是一颗安静闲适的心，将庸常里的温暖点滴，淡淡言，轻轻叙，留待日后慢慢品。此外更深的意义，实在不敢妄谈，只求能够让人读来心中轻轻一动，觉着有"一抹清凉，一点风景，一些滋润"，暗道：嗯嗯嗯，如此这般，经历过，淡忘了，却是懂得。

不时有熟识的人说起我的文字，先生于是调侃，说我其实只是写给朋友们看的。的确，写出来的那些小文字，有人道不能上得大台面，更被有些纯文学的"大家"很是看不起，而我以为，若能有除自己之外的一人去阅读，并有所感、有所悟，那便是在同好者心中开了一朵文字的小花，花香虽清淡，却久远。更何况，还有那些不断因为这些文字共鸣而结缘的朋友呢，如此说来，这小小的文字就真是清香四溢了。或许,偶尔还能惹几个比我更"善感"者红了眼眶,掉几滴眼泪,那就更是赚了。这样,甚好,甚好。

这本书能问世,要感谢的人很多——首先要感谢我的父亲母亲,父亲遗传给我爱好文学的基因,让我能够多年坚持写作,一路走下来,母亲的优雅从容,也教会我以淡然之心安静生活;要感谢无意中被我写进文章"卖"了的朋友,和出现在我身边的那些美好女子,她们是我心中最美的女神;还要感谢刊发我文章的编辑们,是他们给了我坚持的动力;更要感谢不断鼓励我督促我的梅莉、陆小鹿,还有我身边常常鼓励我的朋友们、我先生、我的孩子……

所有源自喜欢的坚持都能够带来发自内心的快乐。一个作家说过,心里喜欢,身上会发出味道来。我以为,这种美好的味道,是坚持给予我的回报。